La fille
de 3e B

Du même auteur, dans la même collection :

Le pianiste sans visage

Dans la collection Heure noire :

LES ENQUÊTES DE LOGICIELLE

L'ordinatueur
Coups de théâtre
Arrêtez la musique !
@ssassins.net
Simulator
Big Bug
Des nouvelles de Logicielle
Mort sur le Net
Cinq degrés de trop
Hacker à bord
@pocalypse
Fatal gaming

CHRISTIAN GRENIER

Couverture de Yann Tisseron

La fille de 3e B

RAGEOT

« À deux, le même souvenir prend un autre relief. Parce qu'il n'est pas exactement le même. »

Le pianiste sans visage

Cet ouvrage a été imprimé sur un papier
issu de forêts gérées durablement,
de sources contrôlées.

Couverture : Yann Tisseron.

ISBN 978-2-7002-5743-4
ISSN 1951-5758

Vendredi 16 septembre

– Quelqu'un, parmi vous, pratique-t-il un instrument ? a demandé le prof.

Cette année, en musique, j'ai M. Bricart. Dès la première heure de cours, il a inscrit son nom au tableau. S'il a posé tout de suite cette question, c'est parce que son cours rassemble uniquement des élèves volontaires. La musique, quand on a quinze ou seize ans, ça devient facultatif. Ce n'est plus quelque chose d'important, comme les maths ou la physique. On peut donc en théorie s'en passer. Pas moi.

J'ai quand même attendu quelques secondes avant de lever la main. Comme ça, histoire de ne pas me faire remarquer. Surtout que j'étais arrivé en classe l'un des derniers. Et qu'en conséquence, j'avais dû m'asseoir au premier rang.

Le sourire de M. Bricart s'est élargi. Hélas, il n'y avait aucun doute : c'était à moi qu'il était adressé.

– Votre nom ?

– Dhérault. Pierre Dhérault.

Je me suis retourné.

Quoi ? Nous étions trente-deux dans toutes les secondes à avoir choisi l'option musique, et j'étais le seul à jouer d'un instrument ?

J'ai repensé au voyage de l'an dernier, en Allemagne, à Berlin où Mme Lefleix nous avait emmenés. (Mme Lefleix, c'est la prof d'allemand, je l'ai encore cette année.) Au programme de ce jour-là, visite d'un des Gymnasium[1] de la ville. Nous entrons dans un amphi, il y a là trente élèves avec leur prof de musique qui nous accueille dans un aimable charabia. Pour nous souhaiter la bienvenue, il demande à toute sa classe un truc que je ne comprends pas, mais bon, les élèves s'exécutent. Chacun sort de son sac un instrument : flûte, violon, clarinette... Une fille se met au piano. Les autres se lèvent. Et le prof donne le signal du départ, en levant d'un coup les deux mains. Débute alors un vrai concert symphonique. Comme à Pleyel. La perfection.

1. Lycée.

On s'est senti tout petits. Même moi, j'étais impressionné. En Allemagne, quelqu'un qui ne fait pas de musique, c'est forcément une exception.

Ici, à Paris, au lycée Chaptal, ce matin, l'exception c'était moi. L'an dernier, j'aurais dû accepter d'entrer dans une classe spéciale pour musiciens, comme Amado me l'avait recommandé.

J'ai jeté un regard noir à Lionel. Il s'est senti visé.

Il a déclaré au prof de musique, comme pour se justifier :

– Oh moi, je joue un peu de guitare basse. Dans un groupe de copains. Mais je ne fais pas de solfège. Pierre, lui, c'est presque un professionnel.

Dans la classe, il y eut une rumeur amusée. Une sorte de rire poli. Celui des débuts d'année.

– De quel instrument jouez-vous, monsieur Dhérault ?

– Du piano.

– Depuis longtemps ?

– Oui.

– Depuis plus de dix ans, m'sieur ! lança derrière moi Lionel à qui je ne demandais rien. Son père est musicien.

Bricart a froncé les sourcils. Il les a noirs et épais, de vrais accents circonflexes avec, par-dessus, un crâne tout lisse où se battent trois cheveux égarés. Il a ôté ses lunettes d'écaille. C'était pour mieux réfléchir. Du coup, ses gros yeux de myope sont devenus deux petites billes ridicules.

– Attendez, murmura-t-il. Seriez-vous parent avec Jean-Louis Dhérault ?

Là, Bricart faisait très fort. Car le nom de Jean-Louis Dhérault, il faut le repérer quand il défile à toute vitesse sur l'écran du téléviseur. Eh oui, Jean-Louis Dhérault a surtout composé des musiques pour les séries télé. Et puis quelques arrangements, comme il dit. Il n'en est pas très fier.

– C'est mon père.

J'ai guetté sur le visage de Bricart le petit sourire de mépris habituel. Mais le prof a remis ses lunettes pour déclarer à toute la classe, en faisant les gros yeux :

– Pierre Dhérault nous offre l'exemple classique de ce qu'est un musicien ou un interprète : c'est très souvent le fils de quelqu'un qui pratique lui-même la musique. Le père de Jean-Sébastien Bach, celui de Mozart, de Beethoven…

– Celui de David Hallyday ! ajouta Lionel, enhardi.

– Cela signifie-t-il d'après vous que la musique se transmet dans les gènes ? demanda Bricart.

Il fixait Lionel comme pour l'inviter à répondre à la question, il ajouta même :

– Qu'un fils de musicien a naturellement plus de talent qu'un autre ?

Pas fier, Lionel. Il flairait déjà le piège où il allait forcément tomber. Il a voulu gagner du temps :

– Eh bien, peut-être que...

– Certainement pas ! affirma le prof. Cela signifie simplement qu'un fils de musicien baigne dans la musique depuis son plus jeune âge. Ainsi, il bénéficie des meilleures conditions pour épanouir ses dons éventuels. Wolfgang n'est devenu Mozart que grâce aux leçons de son père. Certes, il avait sans doute en lui des dispositions exceptionnelles. Mais si le vieux Léopold avait été... disons... commerçant ou cultivateur, nous n'aurions sûrement pas aujourd'hui *Don Juan* ni *La Flûte enchantée*. Quant à Beethoven, nous savons que son père lui a fait rentrer le solfège à coups de baguette sur les doigts !

Un silence respectueux a soudain pesé dans la classe pour se concentrer peu à peu sur mes épaules. Ça y est, j'allais passer pour un enfant battu.

– Cette année, déclara Bricart, je vous propose de compléter mon cours par des exposés que vous préparerez librement, et dont vous choisirez vous-mêmes le sujet... Quelqu'un se propose-t-il pour vendredi prochain ?

Un vrai tunnel, cette question : tous les élèves ont baissé la tête. S'il avait osé, Lionel se serait caché sous la table.

– Eh bien je vais désigner quelques volontaires. Vous qui jouez de la guitare basse... oui, vous, quel est votre nom ?

– Lionel Gentil.

– Eh bien Lionel, soyez gentil : préparez-nous pour vendredi un exposé sur votre instrument... ou sur le groupe dont vous faites partie.

Je connais bien Lionel. Depuis deux ans... Provocateur mais pas téméraire. J'ai mesuré sa panique à son manque soudain de repartie.

– Oh, m'sieur, s'il vous plaît, pas la semaine prochaine : dans quinze jours, c'est promis.

– Dans quinze jours. C'est noté. Donc, vendredi prochain, c'est...

Bricart a fait semblant de se plonger dans la liste des élèves. Feinte inutile. Comme lui, je savais déjà sur qui il allait tomber.

– ... Pierre Dhérault qui planchera. Sur le sujet de son choix.

Il a levé vers moi son gros regard flou. Il a dû confondre ma grimace avec un sourire résigné.

Cet exposé, c'était la tuile, même si au fond, j'étais content d'en être vite débarrassé : dans huit jours, je serais quitte pour un bon bout de temps. En attendant, il fallait y passer.

Dans la vie, j'ai un problème : je ne sais pas bien m'exprimer. Tout ce que j'ai dans le cœur et la tête, je ne trouve pas les mots pour le dire. Je suis un infirme du verbe, un malparlant, comme qui dirait. Ceux qui voient mal, on leur pardonne. C'est une infirmité reconnue, c'est comme être sourd ou manchot. Mais quand on est handicapé de la parole, c'est une vraie tare, un vice, un défaut qu'on aurait acquis à la suite de mauvaises habitudes.

Il y a des gens, quand ils parlent, on croirait presque qu'ils lisent. Ils font des phrases de style, on dirait du Louis XV, c'est plein de belles dorures. Mais si on pouvait fouiller dans leur tête, on serait parfois déçu : leurs mots, c'est un décor qui cache souvent du vulgaire, des pensées et des intentions qu'on a repeintes pour faire bien net.

Moi, ce serait plutôt l'inverse : à l'intérieur, c'est tendre et doux, mais quand je veux le faire sortir, ça devient rêche et tout bête. Alors, comme l'emballage est trompeur, on se méfie de mes mots. On les prend avec des pincettes. Ou bien on les laisse au bord de la conversation, sans les ouvrir.

Par contre, je joue bien du piano. Bricart avait raison, ce n'est pas un don, j'ai appris.

Il faut dire qu'à part la musique, je n'aime pas grand-chose dans la vie. C'est normal : la musique, je suis tombé dedans quand j'étais petit. Ça n'a pas été difficile, tout le monde en faisait à la maison. Mais attention, pas n'importe laquelle. Celle des concerts et du dimanche. Celle qu'on nomme sérieuse, comme si elle était ennuyeuse à entendre. Celle qu'on dit classique, comme si on ne la trouvait qu'au musée. Celle qu'on appelle la grande musique, comme si toutes les autres étaient un peu plus petites.

Celle que j'aime, c'est la musique qui reste et qui regarde les autres passer : les rock et funk, les pop et rap, les hip-hop et punk et autre techno aux noms courts et compliqués.

On croit que la grande musique, c'est du luxe. Comme s'il fallait être riche pour l'écouter. Pourtant, cette musique-là, elle ne coûte pas plus cher que les autres. Alors pourquoi s'en priver ?

Mardi 20 septembre

En quittant le lycée, je suis allé m'asseoir sur mon banc ; il se trouve sur l'esplanade plantée de platanes qui joint le métro Rome à la place de Clichy.

Depuis que je suis en sixième, ce banc, c'est mon refuge, ma cachette. À Paris, on a les cabanes qu'on peut. Et moi, je ne suis pas très difficile à dissimuler : dans la rue, dans la cour, dans la classe, je passe presque inaperçu. Les profs se rendent compte que j'existe à l'appel et quand ils remplissent les bulletins.

Une ou deux fois par semaine, je viens donc m'installer sur mon banc. La plupart du temps, il est libre ; dans ce quartier, tout le monde court, les touristes comme les passants.

Là, souvent, je rédige mon journal car ce n'est pas toujours facile à la maison.

Oui, j'écris. Quand ils sont sur le papier, j'ai l'impression que mes mots sont plus vrais que ceux que j'ai dits, qu'ils fixent tout ce que je n'ai pas su exprimer.

Je ne suis jamais pressé de rentrer. D'abord parce que j'habite à dix minutes à pied du lycée, rue Capron, une impasse un peu lépreuse coincée entre un vieux garage et le grand cimetière du nord. Ensuite parce que ma mère est handicapée. À peine revenu du lycée, je dois boucler avant le dîner tout ce qu'elle n'a pas pu faire dans la journée.

Je venais de m'asseoir sur mon banc quand un vieux clochard est arrivé. Non, pas si vieux que ça après tout. Quand on est pauvre ou au chômage, on fait toujours plus vieux que son âge. Il portait un pardessus élimé grand comme des ailes de vampire et de grosses chaussures de clown. Il m'a réclamé une pièce et je la lui ai donnée. Puis il s'est assis sur le banc qui était en face du mien.

Je ne rédigeais pas mon journal. J'étais en train de transpirer sur ce fameux exposé que je dois présenter vendredi prochain. J'ai choisi Schubert, c'est mon musicien préféré.

Mais bientôt, je me suis levé. À cause de l'odeur. Ce pauvre bougre puait tellement que les pigeons eux-mêmes l'évitaient.

Alors, une fille est arrivée. Quinze ans environ, blonde, propre et souriante comme une publicité. Elle respirait le bonheur, la santé. Il y a comme ça, dans la vie, des filles extraordinaires qui passent et vous savez qu'elles ne s'arrêteront pas. On croirait qu'elles se déplacent sur un écran de cinéma : on peut les regarder, les entendre, mais inutile d'essayer de communiquer, elles font partie d'une autre dimension, d'un univers tabou et fermé.

Pourtant, c'était sûrement une élève de mon lycée.

Pas gêné, mon S.D.F. l'a apostrophée pour lui réclamer de l'argent. Alors elle s'est arrêtée pour chercher son porte-monnaie. Mais quand elle l'a ouvert, son sourire s'est fermé. Je ne sais pas ce qu'elle a dit au bonhomme, mais je suppose qu'elle a oublié de respirer, sinon elle aurait filé tout de suite. Et puis j'ai entendu le type lui murmurer :

– Bah, ça ne fait rien, ma p'tite dame. Y a qu'l'intention qui compte, comme on dit ! Moi, quand j'demande une pièce, c'est surtout histoire de causer un peu…

Aussitôt, elle a paru rassurée. Là, je me suis rendu compte qu'elle était vraiment jolie : on paraît toujours plus beau, je crois, quand on est heureux.

Et justement, elle s'était remise à sourire. Elle s'est assise sur le banc, a fouillé dans son sac. Elle a sorti une boîte de biscuits avec l'air de quelqu'un qui a gagné au loto. Elle semblait plus contente que l'homme. À voir sa tête, je pense qu'il aurait préféré un sandwich avec un verre de vin.

Mais elle a fait comme si de rien n'était. Elle a grignoté ses biscuits avec lui, en papotant; en somme, ils faisaient salon. Le S.D.F. s'est déridé. À un moment donné, ils ont ri. Je les observais avec un grand vide dans le ventre. Comme si j'avais eu faim, moi aussi.

Je crois que j'ai dû ricaner, à l'intérieur bien sûr. Fallait-il qu'elle soit timbrée, cette fille-là, pour préférer discuter avec lui plutôt qu'avec moi. Mais au fond, tout au fond cette fois, je savais qu'elle avait raison. Je crois que le courage, c'est ça : faire ce qu'on sait vrai et juste, en se moquant du regard des autres et du qu'en-dira-t-on.

Enfin, elle s'est levée, s'est éloignée. Je l'ai suivie des yeux jusqu'au bout. Jusqu'à ce qu'elle traverse l'allée au niveau de la vieille fontaine Wallace, et s'engage dans l'une des ruelles perpendiculaires au boulevard des Batignolles.

Je me sentais seul, ridicule.

Très digne, le S.D.F. a fourré dans sa poche ce qui restait de la boîte de biscuits, puis il s'est allongé sur son banc et il s'est endormi. Après ça, comment parler de Schubert ? Schubert a mal vécu et il est mort dans la misère. Il était laid et malheureux en amour. Moi, j'étais avec mon Schubert comme cette fille avec son S.D.F. : j'apportais à ce musicien de l'intérêt, du réconfort – mais avec deux cents ans de retard.

C'est tellement plus facile d'aimer les gens à distance.

Vendredi 23 septembre

Je croyais en être quitte après avoir achevé mon exposé. Quelle erreur !

– Monsieur Dhérault, a déclaré Bricart à la fin de l'heure, je vous remercie vivement. Vous avez fait très fort.

Et même sûrement un peu trop. Le mieux, c'est parfois l'ennemi du bien, dit mon père. Là, j'allais provoquer un conflit.

Mon exposé, je l'avais conçu comme une sorte de concert-conférence. Eh oui, quand je suis au piano, je ne cherche jamais mes mots, c'est surtout quand je parle que je fais des fausses notes. Alors j'ai peu parlé : je donnais de brèves informations sur la vie de Schubert, sa musique, ses quatuors, ses opéras, ses lieder… Puis, quand je sentais les mots tarir et les phrases se vider peu à peu, je me précipitais au piano ; j'interprétais le mouvement de la sonate dont je venais de parler, ou j'esquissais le thème d'une symphonie. Pour illustrer le propos du *Roi des aulnes* que j'étais incapable de commenter, j'ai montré comment le piano imitait le galop du cheval…

Et ça a marché.

Tout le monde était ravi alors que pendant une heure, je n'avais lu qu'une petite page et demie. Pour convaincre, l'important, ce n'est pas vraiment ce qu'on dit : c'est surtout le ton et la musique ; il faut que ce soit harmonieux, en mesure, bien construit… Avec mon exposé, j'avais triché pour plaire. Un numéro d'illusionniste, en somme.

Mais il ne faut jamais demander à un magicien de refaire un tour réussi. Seulement Bricart n'était pas un spectateur comme les autres ; c'était plutôt comme qui dirait le directeur de la salle…

Au moment où mes camarades quittaient la classe, il m'a demandé de rester. Ses sourcils n'arrêtaient pas de faire des vagues sur son front, et dessous, son regard tanguait comme un bateau ivre.

– C'était remarquable. Un exposé juste de ton, passionnant… et original. De plus, vous jouez fort bien. Et je juge très dommage qu'un tel travail s'achève ici. Accepteriez-vous de refaire votre exposé devant une autre classe du lycée ? Ou peut-être devant des élèves du collège ? Vous pouvez refuser, Pierre. Mais si vous voulez devenir enseignant… au fait, que désirez-vous faire plus tard ?

Quand on me pose cette question, j'ai toujours envie de répondre : « être heureux. » Mais il paraît que ce n'est pas un métier. Une profession de foi, tout au plus.

Je lui ai simplement dit :

– De la musique.

Des pianistes qui vivent de leur art, il n'y en a pas mille en France. Si l'on veut faire son métier d'un instrument et s'intégrer dans un orchestre, il faut apprendre le violon, la clarinette ou le basson. Mais le piano, surtout pas ! Mon père en a fait l'amère expérience.

Bricart a consulté son agenda. Je me serais cru chez le dentiste. Sauf que c'était encore plus compliqué : il fallait en même temps qu'il ait cours et que de mon côté je sois libre.

– Mardi matin, de huit à neuf, qu'est-ce que vous faites ?

La grasse matinée, ai-je failli lui répondre.

– Rien. J'ai physique à neuf heures.

– Eh bien à mardi prochain, Pierre !

Mercredi 28 septembre

Elle était là.

Oui, la fille de l'autre jour était là, et elle a assisté à mon exposé. Ce fut inespéré et catastrophique.

Les ennuis ont commencé à huit heures, quand Bricart a constaté que la salle de musique était occupée.

– Qu'importe ! Vous ferez l'exposé sans piano. La salle 38 est libre, allons-y.

Dociles, les vingt-cinq élèves de sa troisième B l'ont suivi. J'ai voulu discuter avec le prof : mon exposé sans piano, ce serait comme une démonstration de natation sans piscine, comme un cours de dessin sans crayons ni pinceaux… Mais il n'a rien voulu entendre.

À peine arrivé, il m'a installé au bureau. Il a rejoint le fond de la classe. Puis il a déclaré de loin, histoire de me mettre complètement à l'aise :

– Bonjour. Asseyez-vous. Je vous présente Pierre Dhérault, un camarade de seconde qui va vous faire un exposé sur Schubert. Je vous serais reconnaissant de bien vouloir prendre des notes… Bon, Pierre : c'est à vous !

J'ai regardé les phrases qui semblaient s'embrouiller sur ma feuille. Pourtant il n'y en avait pas tellement. Mais déjà, elles formaient un puzzle. C'était comme dans *Les Chiffres et les Lettres*, mais multiplié par cent : des mots, j'en avais toute une page et une heure pour les assembler comme il faut.

Alors, j'ai levé les yeux et je l'ai aperçue. Elle était là, à deux mètres de moi, assise non plus sur un banc, mais au premier rang de la classe. Et au lieu d'un porte-monnaie et d'une boîte de biscuits, elle a sorti de son sac un classeur, des feuilles, un stylo. Puis elle m'a fixé de ses grands yeux clairs comme si j'allais lui raconter des choses passionnantes.

Je me suis éclairci la voix et j'ai commencé à parler tout en domptant ma panique.

Je sais pourquoi les profs nous demandent des exposés : c'est pour nous faire prendre conscience que leur métier est difficile. Au fond, pour qu'on les écoute, il faudrait qu'ils soient aussi baratineurs que Djamel, Arthur et Karl Zéro réunis. Les spectateurs ne peuvent pas les interrompre : la télé est étanche aux sarcasmes et au chahut. Mais là, coincé entre un bureau de faux bois et un vrai tableau noir usagé, face à cette meute attentive et critique, je me sentais vulnérable et tout nu.

Les profs, c'est comme à l'armée : même s'ils ne portent pas l'uniforme, on sait bien que ce sont des gradés. Mais un élève, c'est le deuxième classe idéal. Et si on le met en première ligne, c'est lui qui se fait descendre.

Bon, c'est vrai, je m'en suis sorti vivant et pas trop humilié. Il y a bien eu deux ou trois tentatives de diversion, au centre, mais la fille du premier rang s'est aussitôt retournée, comme si elle voulait entendre ce que je disais. Ça m'a encouragé. J'ai continué mon exposé pour elle. Si bien que je me suis même un peu trop pris au jeu :

– Beethoven est mort adulé, en pleine gloire, à cinquante-sept ans. Son plus grand admirateur faisait partie du cortège funèbre ; lui, il n'avait que trente ans et à peine plus d'un an à vivre. Il était totalement inconnu… Il s'appelait Franz Schubert. Il était laid, grassouillet, petit. Aucune femme n'a sans doute jamais levé les yeux sur lui. Pourtant, sa musique témoigne…

Là, je devais interpréter les premières mesures du second mouvement de *La Jeune Fille et la Mort*. La jeune fille, c'était elle, et moi, j'étais mort de honte, privé du piano qui m'aurait justement permis de traduire ma détresse.

Face à moi, la fille écoutait, avec une attention distraite et polie. Sa voisine s'est penchée vers elle à un certain moment pour lui chuchoter quelque chose à l'oreille. Elles ont brièvement pouffé. Exactement ce qu'il me fallait pour que je perde le fil de mon texte.

Au lieu d'une heure pleine, mon exposé a duré vingt minutes. Un marathon que quelques élèves ont tenté d'applaudir. Bricart, pris de court, m'a lancé :

– À bientôt, Pierre. Et encore merci.

J'ai fui en permanence pour aller ruminer ma rancœur. Allons, ce n'était pas le moment de tomber amoureux. Ou alors il me fallait choisir une autre fille, accessible.

Dans ma classe, il y en a quinze. Seulement voilà, j'ai l'impression que je suis un peu en amour comme en musique : je vise toujours plus haut que mes moyens. Par exemple, depuis trois mois, je m'acharne sur les *Variations Goldberg* de Bach qui me donnent bien du fil à retordre.

Non, les filles, je n'ai pas le droit d'y penser. Pas encore. Je laisse ce soin à Lionel, qui y consacre du temps pour deux.

D'ailleurs, mon père m'avait bien prévenu. Il y a sept ou huit ans, quand je lui ai déclaré que je voulais continuer le piano, il m'a dit : « D'accord. Mais tu abordes un parcours long, pénible, douloureux. Tu te condamnes chaque jour à plusieurs heures d'exercices. Plus question, pendant des années, de distraction, de sport, de télé. Dès maintenant, dis au revoir aux copains et plus tard adieu aux filles. Tu vivras avec ton instrument de torture. En sachant que tu as une chance sur mille de faire du piano ton métier. »

À huit ans, j'étais sûr de moi. Des copains, je n'en avais pas. La télé, nous n'en avions plus. Des distractions, je n'en avais jamais eues. Je n'aime pas les jeux de mon âge. Je suis né vieux, c'est comme ça. De temps en temps, ce décalage me gêne. Pas évident, d'être un adulte dans sa tête avec une vie de lycéen. Je crois qu'il est plus facile de mener une vie d'adulte quand on est resté un enfant.

Lorsque je suis rentré, ma mère m'attendait couchée dans sa chambre. Mauvais signe. Elle avait les traits tirés, la voix sèche. Quand elle souffre, ça la met de mauvaise humeur. Être handicapé, c'est difficile pour tout le monde mais quand on a en plus mauvais caractère, ça complique ; et ma mère, ce n'est pas sa faute, elle cumule. Il faut dire que devenir impotent, ça ne peut pas rendre joyeux.

– Mme Griffon n'a pas pu venir. Il faut que tu ailles faire les courses.

– Mais j'ai mon cours chez Amado à six heures et demie !

– Je sais. Ça te laisse peu de temps.

Depuis le début de la semaine, mon père est à Barcelone pour boucler la sonorisation d'une série télé. En son absence, Mme Griffon fait les courses et un peu de ménage.

Je ne me rappelle pas l'accident de ma mère. C'est arrivé il y a douze ans, en été. Elle accompagnait mon père en tournée, avec son petit orchestre. Elle se trouvait dans une camionnette qui transportait six musiciens et leurs instruments. Le véhicule a fait plusieurs tonneaux sur l'autoroute. Ma mère fut la plus touchée : les jambes et la colonne vertébrale.

Aujourd'hui, elle vit dans un fauteuil roulant. Elle rumine son immobilité forcée, sa carrière de cantatrice interrompue et les contraintes qu'elle nous impose à mon père et à moi. Ça fait beaucoup à avaler, et ma mère n'y arrive pas.

J'ai jeté un coup d'œil à ma montre : cinq heures vingt. Soit en théorie une demi-heure pour les courses, une heure pour les exercices et trois quarts d'heure pour le trajet jusque chez Amado. Ce serait dur à tasser en soixante-dix minutes.

Pourtant, après avoir bâclé les achats, je me suis installé au clavier.

Quelques gammes pour respirer. Des arpèges pour se défouler. Et puis, pour le plaisir, un petit *Impromptu* de Schubert.

Certains auteurs, paraît-il, ne peuvent se passer d'écrire ; chaque jour, il faut qu'ils rédigent quelques lignes. Sans doute pour ne pas « perdre la main ». Moi, sans ma musique quotidienne, je perdrais la tête et les oreilles. Et puis j'ai un jouet luxueux. Un superbe piano à queue. Un Bösendorfer. Une merveille, dénichée il y a dix ans dans une vente aux enchères, à Draguignan. Cet instrument, c'est notre Rolls. Il ne nous quitte pas. Beaucoup de gens achètent une maison et louent un piano pour le mettre dedans. Nous, nous avons acheté un piano et nous louons l'appartement qui va autour : une sorte de loft, comme dans les films américains. L'avantage, c'est qu'il est isolé des immeubles voisins.

Je suis arrivé en retard chez Amado. Il ne s'en est pas aperçu. Il était en grande discussion avec Jean Jolibois, son agent artistique.

– Pas question que j'y aille, grommelait Amado en secouant la tête. Je suis trop fatigué en ce moment.

– Ce concert a lieu dans dix-huit mois ! insistait Jolibois en découvrant toutes ses dents.

Jean Jolibois est un grand type élégant, souriant et très maigre. En fait, un curieux mélange : il a la gentillesse de Bourvil, la vivacité de Louis de Funès et le sourire de Fernandel. Mais avec ça, il se prend tout à fait au sérieux. Sa force, c'est l'optimisme et la bonne humeur son métier. D'ailleurs, Amado dit souvent à Jolibois qu'il le paie avant tout pour résoudre les difficultés.

– Ma, ma... tou veux mé touer ?

Quand Amado est troublé ou à court d'arguments, son accent reprend le dessus. Une coquetterie seulement connue des intimes. Car Amado, en public, parle peu.

– Plus tard, Jolibois ! Pierre attend sa leçon.

– Ah, Pierre ! Vous allez bien ?

Jean Jolibois m'a serré vigoureusement la main, adressé un sourire à s'en décrocher les oreilles, et ajouté dans un chuchotement :

– Essayez de le convaincre !

S'imagine-t-il que j'ai la moindre influence sur le maître ? Une fois Jolibois parti, Amado s'est effondré dans un fauteuil.

Il a ordonné :

– *Miroirs*!

Je me suis exécuté. Ou plutôt j'ai exécuté l'œuvre de Ravel. (Bizarre, d'ailleurs, ce verbe qui veut dire « mettre à mort », alors que, quand il s'agit d'une œuvre, l'exécuter, ce serait plutôt la faire renaître…)

Voilà trois mois que nous répétons cette *Suite pour piano*. Je dis « nous » car Amado la travaille aussi. Il l'a mise au répertoire du concert qu'il donne samedi prochain à Pleyel.

Amado Riccorini[1] est un grand pianiste. L'un des meilleurs. Je ne suis pas le seul à le penser. Il a enregistré des dizaines de disques, il est sollicité par les salles de concert du monde entier. L'appartement qu'il habite à Paris n'est d'ailleurs que l'un de ceux qu'il possède – il en a deux autres, à New York et à Tokyo, je crois. Amado est très riche, mais il ne le sait pas. Ou plutôt il s'en fiche.

Il y a deux ans, le jour où j'ai obtenu mon prix d'excellence au Conservatoire, mon professeur de piano est venu me féliciter. Il était accompagné d'un vieil homme un peu voûté, avec un sourire plein de malice et de rides.

1. Si les portraits d'Oscar Lefleix et d'Amado Riccorini sont imaginaires, les noms de tous les autres compositeurs et musiciens sont bien entendu authentiques.

Je ne l'ai pas tout de suite reconnu : les photos sur les pochettes de ses C.D. le représentent avec vingt ans de moins.

– Amado, voici le jeune Pierre Dhérault que tu voulais voir…

J'avais joué sans savoir que Riccorini était dans la salle. Amado et mon prof étaient amis d'enfance. Face à ce virtuose, je me sentais tout petit.

– Jeune homme, c'était bien. Vous avez, vous avez… comment dit-on ? Des capacités. Mais le jeu de votre main gauche… il est un peu lourd ! Ma… Écoutez : venez chez moi. Je vous montrerai.

Il m'a tendu la main et une carte de visite. Cette carte, mon père l'a encore. Pour un peu, il l'aurait encadrée comme un billet d'entrée pour le paradis. Et le paradis, lui, il l'avait raté, il avait bifurqué au purgatoire et il n'en avait plus bougé.

Un mois plus tard, j'étais chez le maître Riccorini, face au clavier de son piano et dans mes petits souliers. Amado voulait que j'entre au Conservatoire de Paris, où il enseigne avec une douzaine d'autres pianistes. Ce Conservatoire, c'est l'Olympe, l'Académie. On n'y entre que sur concours. Et ce concours, un an plus tard, je l'ai réussi.

Je suis devenu l'élève de Riccorini et j'ai assisté à ses six heures de cours officielles et hebdomadaires. Ça ne lui a pas suffi : il voulait que je m'améliore et que je vienne chez lui une ou deux fois par semaine.

Les conseils d'un tel virtuose ne sont pas gratuits. Riccorini, lui, il s'en moque. Ses cours, il m'en aurait volontiers fait cadeau. Mais le temps qu'il consacre aux élèves, c'est autant de concerts supprimés. Un jour, devant moi, Jolibois lui a déclaré, très fâché :

– Amado, ça ne peut plus durer, il faut choisir : les concerts, les tournées, les cours au Conservatoire, ceux que tu donnes en prime à Pierre... Tu ne peux pas tout faire, et encore moins travailler pour rien.

Amado a appelé mon père.

– Écoutez, je ne veux pas que ce soit une question de prix. Ma... ce garçon doit devenir soliste! Combien pourriez-vous payer?

Mon père aurait donné sa chemise. Amado a lâché un chiffre. À ses yeux, dérisoire : peut-être l'équivalent de trente secondes de concert. Pour mon père, une journée de travail.

En réalité, je paie une heure de cours à Amado et je viens chez lui deux fois deux heures par semaine.

– Ma… Pierre, tu rêves ? Ça ne va pas du tout ! Depuis une minute, ta main gauche se contente d'accompagner. Chez Ravel, la main gauche n'est jamais une basse continue. Les deux mains jouent, comprends-tu ? Même dans ce passage d'*Oiseaux tristes*, la main gauche égrène un chant funèbre… Écoute !

Amado s'est mis au piano. C'est vrai : ses deux mains jouent, c'est-à-dire qu'elles s'amusent ensemble, les deux voix se répondent en disant deux choses différentes. Ça paraît normal. Naturel. Évident. Surtout quand on l'écoute.

Un jour, Amado est venu chez nous. Il a affirmé à mon père que sa musique n'était pas mauvaise en soi :

– La mauvaise musique existe. Mais il y a surtout de mauvaises façons de jouer…

Il aime bien notre piano, Amado. Il s'est installé et il a joué *Au clair de la lune.* Surprise : ce n'était plus du tout enfantin mais naïf et drôle, faussement innocent. C'était redevenu du Lully.

Hier soir, Amado s'est fâché contre lui-même. Ce qu'il jouait ne le satisfaisait pas.

– Ah, non, ça ne va pas non plus ! Je suis mauvais ! Qu'est-ce qui m'arrive ? Et ce fichu concert, dans quatre jours ! Tu y seras, n'est-ce pas ?

Oui, samedi prochain, je serai avec Amado sur scène : je tournerai les pages quand il jouera Berio et Stockhausen. Amado joue presque tout de mémoire, sauf la musique contemporaine.

Les deux pièces de samedi, il les connaît par cœur, bien sûr. Mais avoir la partition sous les yeux, ça le rassure. C'est sa petite roue de secours en cas d'incident de parcours.

Et moi, je suis ravi d'être le mécanicien. Ainsi, je suis dans le véhicule et je voyage gratis à la meilleure place.

Dimanche 2 octobre

Le concert d'hier soir a été la symphonie des surprises.

Je suis arrivé à Pleyel à vingt heures. J'ai aussitôt été trouver Michel, le chef machiniste. Il jouait les déménageurs avec trois acolytes et traînait le grand Steinway jusqu'au centre de la scène. Il m'a déniché une chaise pliante dans un coin des coulisses. Là, j'ai commencé le devoir de maths que je dois rendre lundi. Le pompier de service, Paul, a compris que j'étais occupé. Pas question de discuter avec moi. Je lui ai adressé un sourire d'excuse.

– Un travail urgent… Ça va, Paul ?

– Ça va… Ce soir, y a pas l'feu.

C'est sa petite plaisanterie rituelle. Eh bien c'était faux : j'étais assis sur un baril de poudre et je ne le savais même pas. Vers vingt heures trente, Jean Jolibois a donné la première alerte.

– Pierre ! Savez-vous si Amado est chez lui ? Est-ce que vous l'avez vu aujourd'hui ?

– Non. Je l'ai vu pour la dernière fois il y a quatre jours. Rappelez-vous, vous étiez là.

L'agent artistique était accompagné d'un petit homme ratatiné : M. de La Nougarède, le directeur de la salle. Il transpirait à grosses gouttes et me tendit une petite main humide.

Amado n'était pas là.

D'habitude, il arrive avec l'accordeur, après qu'on a transporté le piano à queue sur la scène. Il règle son siège à sa taille et « chauffe son instrument », comme il dit. Puis il donne le feu vert au régisseur pour qu'on fasse entrer le public et il va discuter en coulisses avec Jolibois et de La Nougarède en attendant le début du concert. J'ai demandé :

– Vous avez appelé chez lui ?

– C'est occupé. Je ne comprends pas. Merci. Excusez-moi.

Jolibois essayait de sourire, comme ça, pour rassurer. Mais sa grimace aurait fait fuir deux cents hippopotames. Quant à M. de La Nougarède, il perdait un litre de sueur à la minute. Son regard rebondissait de la salle à la scène et des coulisses à sa montre.

J'ai enfilé ma chemise et mis mon nœud papillon. Je n'étais pas inquiet. Amado avait mal raccroché son téléphone. Son taxi était coincé dans un encombrement. Ou bien sa sœur, à Naples, lui racontait ses peines de cœur.

J'entendais la salle se remplir. Une salle, c'est comme de l'eau qui chauffe : elle frémit toujours avant de bouillir.

Le régisseur vint interrompre les cent pas que faisait le directeur entre la cour et le jardin :

– Monsieur de La Nougarède... Que fait-on pour les techniciens de la Maison de la Radio ?

J'ai aperçu au-dessus du piano les nombreux micros : le concert de ce soir serait enregistré.

– Que voulez-vous que je vous dise ? chuchotait M. de La Nougarède en s'épongeant le front d'une main et en désignant de l'autre la scène vide. Hein ? Que voulez-vous que je vous dise ?

À neuf heures moins dix, Jean Jolibois surgit dans les coulisses. Comme un diable d'une boîte. Sa tête aurait pu servir de bande-annonce à un film d'horreur. Avec un son complètement déréglé :

– J'ai eu… Amado… non, le médecin… Le médecin chez Amado… Il a… Ça ne va pas du tout ! Il délire… il a plus de quarante… Le médecin croit à… une hépatite ! Pas question qu'il… vienne jouer ce soir !

De La Nougarède, au contraire, parut presque rassuré. La clé du mystère enfin découverte ouvrait une série de portes, elle déroulait un fil qui n'allait plus s'arrêter.

– Bon… Nous allons donc rembourser. Mais seulement une partie de la salle : ce soir, beaucoup de spectateurs sont des invités. Des personnalités du spectacle, des confrères, des journalistes, des agents artistiques étrangers. Des gens de la radio et de la télévision. Tous ceux qui pouvaient assurer une bonne publicité pour la saison. Demain, dans leurs bulletins, qu'auront-ils à annoncer ? Rien. Ou plutôt si : « En raison d'une indisposition d'Amado Riccorini, le concert à Pleyel a été annulé hier soir. » Négatif. Ridicule. Dérisoire.

Il réfléchit profondément, comme pour mûrir une décision inattendue. Il annonça enfin :

– C'est une catastrophe.

Puis, sur le ton ordinaire de quelqu'un qui constate qu'il pleut, il répéta en guise de conclusion, en nous prenant tous à témoin :

– C'est une catastrophe.

Ça lui semblait clair et définitif.

Je regardai Jolibois qui me fixait lui aussi. Je n'aimais pas du tout son regard. Ni son expression bizarre qui se transformait peu à peu en sourire : un ralenti inquiétant, comme ceux qui, dans les films américains, décomposent les explosions, les meurtres et les carambolages spectaculaires.

– Évidemment... il y aurait peut-être une solution...

À cette seconde, je compris. Je compris exactement ce qu'il mijotait dans sa tête. Comme si j'avais été à l'intérieur.

Je sais ce qu'il faudrait que je dise, je les connais, les expressions consacrées : « Un vertige de joie me saisit », « Un fol espoir s'empara de moi »... Eh bien pas du tout. Ce fut tout à coup l'abîme. La terreur. L'effroi absolu.

Le regard de M. de La Nougarède suivit celui de Jolibois. C'est-à-dire qu'il se fixa sur moi. Puis sur l'agent artistique. Puis encore sur moi. Sa gymnastique oculaire avait soudain changé d'objectif.

– Pierre ! me jeta Jolibois, vous connaissez la plupart des œuvres qui sont au programme ce soir, n'est-ce pas ?

– Non ! m'exclamai-je. Non. Seulement *Miroirs*. Et encore, je...

– Mais *Miroirs* à lui seul constitue l'essentiel du programme ! Et vous avez sûrement quelques morceaux de bravoure à votre répertoire ?

Mon quoi ? Mon répertoire ? Jolibois en parlait comme si je donnais un récital tous les soirs ! Perfide, il insista :

– Je le sais. Je vous ai entendu plus d'une fois. C'est vrai, répétait-il en me montrant du doigt à de La Nougarède.

Difficile de nier : depuis que je suis l'élève d'Amado, Jolibois suit mes progrès. Il sait ce dont je suis capable. Mais il connaît mes limites. Ce soir-là, elles me paraissaient plus que jamais infranchissables. Eh bien il les balaya !

Seul M. de La Nougarède pouvait me tirer de là. Je le pris à témoin en lui tendant les partitions que j'avais à la main.

– Ces morceaux de Stockhausen et Berio, je n'en connais pas la première note !

– Qui vous demande de les jouer ? fit Jolibois en haussant les épaules. Dites-nous quels morceaux vous maîtrisez. Ceux que vous pouvez jouer parfaitement. De mémoire. Vous en connaissez suffisamment. Choisissez. N'est-ce pas, Marcel ? Qu'en pensez-vous ?

Marcel s'était remis à réfléchir, donc à transpirer. Tout à coup, une sonnerie continue retentit dans la salle et dans les coulisses.

– Nous avons dix minutes, Marcel.

De La Nougarède pesait le pour et le contre. Et à en juger par la sueur qu'il perdait, ça devait peser très très lourd. Mon opinion, visiblement, ne pesait rien du tout.

– Je ne sais pas, grommela-t-il. Vous semblez si sûr de vous, Jolibois…

Je m'engouffrai dans cette faille, affirmai :

– Mais moi, je ne suis pas du tout sûr de moi !

– Pierre, me lança Jolibois sans plus sourire du tout, ce soir, c'est la chance de votre vie !

Oh, je sais, l'histoire est pleine d'artistes obscurs qui, comme on dit, « à la faveur d'une indisposition de la vedette, se sont tout à coup révélés au public ». Elle fait moins de publicité (et pour cause !) à tous ceux qui, dans les mêmes circonstances, ont fait un bide définitif. Je n'envisageais pas un échec irrémédiable et total. Je ferais une prestation médiocre, voilà tout. C'était suffisant pour que je recule. Dans une conversation, aussi longtemps que vous n'avez rien dit, on peut supposer que vous êtes un génie. Mais si vous prenez la parole pour énoncer une ânerie, vous êtes définitivement perdu pour l'opinion.

Ce soir-là, on me donnait la parole à l'improviste, et j'avais une furieuse envie de me taire.

Je trouvai un biais hypocrite :

– Remplacer Amado ? Ce serait une trahison !

– Ah oui ! rétorqua Jolibois qui contenait sa colère. Oui, si vous étiez mauvais, ce serait le trahir, car le public serait déçu. Vous allez donc être excellent, Pierre. Et Amado sera fier de vous.

Il avait raison. Les grands comme Amado n'ont pas de concurrents. Une fois leur talent consacré, la plupart cherchent à former leurs élèves les plus doués.

– Si vous refusez de jouer, me menaça Jolibois, Amado le saura. Croyez-vous qu'il vous le pardonnera ?

Cornélien : quoi que je fasse, j'étais perdant. Mais peut-être pas perdu. Il fallait relever le défi. Sauver l'honneur, même si ce n'était pas vraiment le mien.

La sonnerie se tut et mon cœur s'arrêta de battre. Du coup, j'entendis mieux, précise et familière, la rumeur joyeuse du public. Je pensai aux jeux du cirque : en somme, j'étais un spectateur innocent à qui l'on annonçait tout à coup qu'il fallait entrer dans l'arène. Pour faire face à douze cents lions. Et avec un piano pour toute arme.

Je regardai ma montre ; il était neuf heures dix.

– Nous n'avons plus que trois minutes, grommela de La Nougarède. Il faut vous décider, Pierre. De toute façon, je dois faire une annonce. Laquelle ? Faut-il tout annuler ?

– Non ! répondit aussitôt Jolibois en sortant un calepin de sa poche. Vous allez avertir le public de l'indisposition d'Amado. De son remplacement exceptionnel par l'un de ses élèves. Et de quelques modifications au programme : nous finirons par *Miroirs* de Maurice Ravel, comme prévu. En guise de prologue, que proposez-vous, Pierre ?

De La Nougarède avait dit trois minutes. Moi, j'avais une seconde pour me décider. Pour l'inconscience ou la lâcheté.

– Une sonate de Mozart, répondis-je dans un souffle. La *Onzième en la majeur.*

C'était fait. J'étais déjà presque soulagé.

– Parfait, dit Jolibois soudain très conciliant. Donc du Mozart pour commencer et du Ravel pour finir. Beau sandwich. Il manque un jambon d'une petite demi-heure, Pierre. Du consistant. Du classique. Une sonate de Beethoven ? Un nocturne de Chopin ?

– Bach. Sa *Partita n° 1 en si bémol majeur.*

Jolibois notait fébrilement. Il détacha la feuille.

– Parfait ! Allez-y, Marcel ! Et annoncez Pierre Dhérault.

– Oh, s'il vous plaît, non !... Pas Pierre Dhérault !

Je me précipitai sur cette dernière bouée avant de couler à pic : si le concert était raté, mon nom ne devait pas y être associé.

– Mon père est Jean-Louis Dhérault. C'est un musicien, il est connu. Je ne veux pas que…

– Je comprends, fit Jolibois sans discuter. Mais il nous faut un nom. Lequel ?

À nouveau, une seconde pour choisir. Son calepin à la main, Jolibois trépignait.

À trois mètres, Paul, le pompier, me lança un regard humide : ce soir, il y avait le feu, et personne ne pourrait l'éteindre.

– Paul ! dis-je. Paul… Personne !

– Non, c'est un guitariste, un chanteur !

– Alors Niemand… Paul Niemand !

Jolibois griffonna ce nom sur une autre feuille. De La Nougarède (dit Marcel) se précipita sur la scène. On l'applaudit avec chaleur.

– Mesdames, mesdemoiselles, messieurs, bonsoir. Eh bien non, je ne suis pas Amado Riccorini. Victime d'une indisposition assez sérieuse, le maître n'est pas en mesure d'assurer le concert de ce soir…

Une houle monta du public : déception, contrariété, colère… un mélange de réactions aimables qui acheva de me mettre à l'aise. Jolibois me prit par les épaules.

– Ça va aller, Pierre. Mais si, mon petit, ça va aller !

Il disait ça pour se rassurer lui-même, ce qui m'inquiétait encore plus.

– C'est l'un de ses élèves, Paul… (Marcel consulta son calepin, le tendit à bout de bras, le plus loin possible de ses yeux) Paul Newman…

D'abord, le rire du public fut discret. Puis franc. Bientôt, il se propagea crescendo le long des rangs. De La Nougarède fouillait dans ses poches à la recherche de ses lunettes. Un vrai numéro de cirque. La prochaine attraction, ce serait moi.

– Non, pardon, Paul Niemand… qui va assurer le concert de ce soir avec, toutefois, quelques modifications au programme. Avant *Miroirs*, de Maurice Ravel que Paul… que monsieur Niemand interprétera comme prévu, vous entendrez…

Je respirai un grand coup. Je pensai à ma mère, qui lisait tranquillement dans son lit, à mon père qui se trouvait à deux mille kilomètres. Non, personne ne me viendrait en aide. Ah, un rêve : assurer le récital et que tout le monde l'oublie aussitôt après !

– Bien entendu, poursuivait le directeur, les spectateurs qui souhaiteraient se faire rembourser…

Quelques-uns se levèrent. Moi, loin d'être vexé, je leur criais dans ma tête : « Mais oui, vous avez raison, partez ! Quittez tous la salle ! » Je ne dus pas penser assez fort, car seules huit ou dix personnes semblaient m'avoir entendu.

Comme en classe : le tunnel ! Alors, je baissai la tête. Et j'aperçus sur un guéridon une perruque brune, celle de l'un des membres du Quatuor.

Le Quatuor est un groupe de musiciens comiques qui s'était produit à Pleyel ce jour-là. Je ne sais pas ce qui me prit, mais je m'emparai de la perruque pour la poser n'importe comment sur mon crâne.

Quand Jolibois m'aperçut, il faillit ne pas me reconnaître.

– Que faites-vous ? C'est ridicule, vous êtes fou !

Ridicule, je devais l'être : je tenais plus de l'épagneul à poil long que du pianiste de concert. Mais pas si fou que ça… Ainsi déguisé, même Amado ne m'aurait pas identifié.

– Voici donc Paul Niemand ! conclut de La Nougarède.

Jolibois me poussa vers la scène :

– N'oubliez pas l'entracte ! Juste après Mozart et votre *Partita* !

Je croisai le directeur au moment où il rentrait en coulisses ; il n'aurait pas fait une autre tête s'il avait rencontré un Martien. Les spectateurs continuaient à applaudir, lui encore ou déjà moi, je ne sais pas très bien. Je m'avançai vers le bord de la scène, histoire de saluer le public. *Morituri te salutant*[1]. C'est ce que disaient les gladiateurs à l'empereur, dans l'arène. Et là, tête baissée sous mes faux cheveux bruns, je la reconnus. Non, ce n'était pas César… mais la fille de troisième B !

Aucun doute, c'était elle, en chemisier rose, au deuxième rang, de face. Aux premières loges pour assister à ma déconfiture.

En une seconde, je compris qu'il ne tenait qu'à moi de transformer ce cauchemar en rêve… Après tout, j'avais la situation en main. Plus question cette fois de bégayer lamentablement. Ni de rester assis sur mon banc.

Ce soir, je jouerais. Pour elle. Exclusivement.

J'allai m'asseoir au piano. Mon cœur battait comme un métronome. Catastrophe : le siège était trop haut de dix bons centimètres ! Je sais : Glenn Gould, toute sa vie, avait joué assis sur une méchante chaise en paille, trop

1. Ceux qui vont mourir te saluent.

basse et délabrée. Mais je ne suis pas Glenn Gould.

Régler mon siège maintenant ? Pas question, le silence s'était installé. Il me fallait un début fort. Surtout pas une sonate de Mozart, mais un vrai coup d'éclat pour commencer. Et du Schubert pour la fille de troisième B.

Le fil de mes réflexions se déroula à cent à l'heure dans ma tête. Une seconde plus tard, j'assénais les sept premiers accords de la *Wanderer Fantasie*, comme on frappe les trois coups. La stupéfaction du public transpira presque jusqu'à moi : non, ce n'est ni Mozart, ni Ravel, mais Schubert, messieurs dames. Déçus ? Surpris ? Tant pis.

Cette fantaisie n'est pas l'œuvre de Schubert la plus facile à interpréter, il faut sans cesse moduler sa force, tempérer l'énergie des accords. Sinon, le premier mouvement devient une abominable marche militaire. Pour séduire, cette pièce n'était sûrement pas l'idéal : autant faire une déclaration d'amour avec une caisse à outils. Mais ma caisse était un Steinway, un instrument bien plus subtil que le malheureux pianoforte dont disposait Schubert en 1820.

Pendant l'adagio, j'eus un moment de panique. Je faisais « glisser Schubert vers Chopin », comme me le reprochait souvent Amado. Avec Schubert, ne jamais déborder, ne jamais faire d'effet : jouer ce qui est écrit. L'émotion doit venir du texte lui-même, pas des adjectifs, des silences, des nuances que le soliste croit bon d'ajouter.

Au début, j'avais redouté que ma perruque me gêne ; en réalité, elle dressait un écran nécessaire. Avec elle, j'étais quelqu'un d'autre. Ce n'était plus moi qui jouais, mais les mains d'un certain Paul Niemand à qui la tête de Pierre Dhérault commandait.

Après la coda de l'allegro final, je levai d'un même mouvement les pieds et les mains du piano. Comme un pilote de Formule 1 qui vient d'achever sa course.

Il y eut un moment court et interminable. La seconde qui précède l'énoncé du verdict. Celle que ménage le prof avant de révéler sa note à l'élève. Et que l'on ignore si le devoir rendu est bon ou catastrophique.

J'étais resté immobile, tête baissée. Enfin, les applaudissements tombèrent. Drus. Denses. Unanimes. Je relevai la tête, incrédule, et je me levai, oh, pas pour saluer, mais pour régler mon tabouret.

Quand je m'assis de nouveau, je soupirai d'aise : j'étais à la bonne hauteur, le concert pouvait vraiment commencer.

Au moment où je levais les mains au-dessus du clavier, les applaudissements cessèrent à l'unisson, sans aucun diminuendo. Un nouveau silence s'installa. Non, pas vraiment un silence : une attente. Si épaisse que j'aurais pu la toucher. Au fait, qu'est-ce que j'avais annoncé à Jolibois ? Impossible de m'en souvenir ! Vite, il fallait improviser ! Que choisir après la *Wanderer Fantasie*, déjà très consistante ? Un récital s'organise comme un bon repas : pas de quiche après du foie gras. Mais une salade périgourdine. Quelque chose de magique. Du Ravel… oui, pourquoi pas ?

Dès les premiers trilles de *Gaspard de la nuit*, je sentis que j'avais trouvé la bonne liaison.

Entre les rideaux des coulisses émergeait une tête de guignol. C'était Jolibois. Il levait vers moi le pouce et les sourcils et semblait m'approuver, ravi.

Gaspard de la nuit est mon morceau de bravoure. Celui qui m'a valu mon prix. Une suite de trois poèmes pour piano. Une promenade pleine de cabrioles et de fantaisie. Un parcours familier que j'accomplis sans faute.

Quand les dernières notes du *scarbo* s'éteignirent, decrescendo, un « bravo ! » surgit au fond de la salle. D'autres jaillirent en écho. Sur un océan d'applaudissements continus.

Je restai pétrifié sur mon siège. Était-ce vraiment moi, le responsable de cette joyeuse tempête ? Jolibois, en coulisses, faisait des moulinets pathétiques de ses deux bras. Ah, oui, je devais me lever.

J'allai jusqu'au bord de la scène pour saluer. J'avais les yeux pleins de cheveux et de lumière. Au deuxième rang, la fille de troisième B applaudissait avec frénésie. Pourtant, ce que j'avais fait là était plus simple que mon exposé.

Retournant à mon piano, j'attaquai à l'instinct la *Marche funèbre* de Franz Liszt. Là, j'allais devoir me battre avec le clavier.

Après quelques secondes d'introduction lourde et lente, le soliste n'a plus un instant pour souffler ; il décline le thème sur tous les registres, avec une virtuosité d'autant plus délicate qu'elle doit être retenue. Liszt est un musicien de cirque : ses partitions sont pleines de fauves, d'illusionnistes, de clowns et de jongleurs. Mais tout doit s'interpréter au trapèze volant, sans filet.

Le morceau achevé, des flashes me mitraillèrent. J'étais trempé de sueur.

Dans les coulisses, Jolibois et son compère Marcel frappaient avec obstination sur leurs montres. Si elles s'étaient arrêtées, ce n'était pas comme ça qu'ils les feraient repartir… Bon sang ! J'avais oublié l'heure ! Et les *Miroirs* promis.

Avec Liszt, on peut tromper son monde, faire clinquant et doré. Mais avec Ravel, plus question : *Miroirs*, c'est sournois… très fuyant, changeant, léger et compliqué à la fois. Une équation du troisième degré pour les doigts.

Là, je redevins très vite l'élève d'Amado. Mes *Miroirs* étaient plats, ternes, sans reflets. Si j'avais eu les mains libres, je me serais donné des gifles.

Je jouais de façon ordinaire. Le public fit semblant de ne pas s'en apercevoir. J'en étais presque déçu. Je venais d'achever la soirée avec une prestation scolaire et académique. En musique, tout est permis. Sauf la banalité.

J'ai fui vers les coulisses en ignorant l'ovation. J'avais abusé le public, j'avais trompé son oreille, pas la mienne. Quand on se déçoit soi-même, on ne peut pas se le pardonner.

Jolibois me reçut dans ses bras.

– C'était mauvais ! m'écriai-je.

– C'était excellent au contraire ! Un triomphe, Pierre !

Il était facile à contenter. Il répéta :

– Un triomphe... Vous vous êtes surpassé ! Allons, remettez-vous !

En plus, je sanglotais. Jolibois me poussa vers la scène. Les applaudissements avaient pris un rythme unique, obstiné : deux mille mains frappaient en cadence.

– Un rappel ! Il leur faut un rappel. Allez-y. Jouez-leur quelque chose.

C'est têtu, un public. Que faire, seul contre mille ? J'avais un seul moyen pour l'apaiser, revenir au piano. M'asseoir. Ils m'imitèrent dans un grand brouhaha respectueux. La salle avait applaudi debout, je ne m'en étais pas encore aperçu.

Un bis... Mais quoi ?

Les virtuoses n'improvisent pas. Ils sont abonnés au succès. Ils ont toujours dans leur chapeau un petit morceau de choix pour conclure.

Tout à coup, l'évidence s'imposa : il me fallait boucler le cercle ébauché, et conclure avec une sonate de Schubert. Oui. Le premier mouvement de la *Sonate en si bémol majeur Deutsch 960*.

Je me lançai, téméraire, inconscient de la distance à parcourir... Cette sonate est une pièce lancinante et tragique. Schubert sait qu'il va mourir. Il exprime sa souffrance et traduit sa colère. Dès qu'il se révolte, la résignation l'emporte. Une dernière fois, le musicien doute de son génie ; il achève sa vie sans avoir été aimé ni compris.

L'œuvre n'a qu'un défaut, elle est longue. Or un bis de concert doit être la cerise sur le gâteau, comme on dit ; moi, en guise de cerise, je servais une corbeille de fruits. Mais il était trop tard. Donc je me concentrai.

Quand mes derniers accords moururent, aucun applaudissement ne s'éleva. Personne n'osait donner le signal du bruit.

Ça me fit drôle, ce recueillement du public. Ce silence soulignait l'émotion partagée.

Je me levai, saluai, courus me réfugier en coulisses. Ma mécanique était cassée. Impossible ce soir-là d'en faire plus.

– Retournez saluer ! m'ordonna le directeur de la salle.

Lui, il semblait en pleine forme. Il bouscula mon tabouret.

– Il doit aller saluer ! répéta de La Nougarède à Jolibois.

– Ah, Marcel, fichez-lui la paix !

Comme un soigneur, Jolibois me réconfortait. Aucun doute, en une soirée, j'étais devenu un athlète. Un champion de la musique catégorie piano.

– Fabuleux ! C'était fabuleux, mon petit. Mais quelle folie, ce bis interminable : vingt minutes…

– Oui, il est plus de onze heures et demie, dit de La Nougarède.

Cette fois il semblait contrarié, il ajouta :

– Quand je pense qu'il n'y a même pas eu d'entracte…

L'entracte ! Lui aussi, je l'avais oublié. Voilà pourquoi Jolibois me faisait signe, tout à l'heure.

– Et alors, Marcel ? Que demandez-vous de plus ?

L'agent artistique désigna la salle. Elle acclamait en vain, s'impatientait, trépignait.

Le régisseur s'était approché.

– Monsieur le directeur, que fait-on pour la presse ? Elle attend à la porte de la loge du soliste.

Je jetai à Jolibois un regard de supplicié. Et je lui mis en mains ma perruque, elle était trempée comme une serpillière. C'était un argument convaincant.

– Pas question, déclara Jolibois. Pour ce soir, c'est fini.

En trois heures, j'étais devenu quelqu'un d'un peu plus important. La preuve, c'est que Jolibois voulut absolument me raccompagner en voiture.

Pourtant, dans le métro, je suis sûr que personne ne m'aurait reconnu. Je lui demandai les causes du mécontentement de M. de La Nougarède.

Au volant, Jolibois jubilait :

– Ah Pierre, mais vous avez bouleversé les horaires de Pleyel ! La salle est louée pour quatre heures et vous avez débordé. Il faut payer l'électricité, dédommager le personnel en heures supplémentaires : pompier, accessoiristes, machinistes, électriciens… En supprimant l'entracte, vous avez provoqué un manque à gagner sur les consommations du bar. De plus, le récital était enregistré pour France Musique, en différé. L'équipe de la radio est restée une heure supplémentaire. Et elle dispose d'un enregistrement beaucoup plus long que prévu !

En somme j'avais provoqué un vrai chambardement.

– Monsieur Jolibois, je suis désolé…

Mais pour lui, c'étaient là des problèmes habituels d'« argent artistique ».

– Moi, je suis ravi. Et Marcel aussi, quoi qu'il dise. Je me charge de toutes ces broutilles. Vous avez sauvé la situation. Mieux : vous avez révélé un vrai talent au public. Désormais, Paul Niemand existe. Et votre idée de perruque était un coup de génie. Nous allons l'exploiter.

– Attendez… Qu'est-ce que vous voulez dire ?

Il s'est tourné vers moi. Avec un sourire carnassier.

– Pas question de s'arrêter là, Pierre. Ce soir, vous venez d'entamer une carrière. L'interrompre serait criminel. Laissez-moi m'occuper de la suite !

Mardi 4 octobre

La suite est arrivée hier sous la forme d'articles de journaux qui m'étaient consacrés. Ceux-ci ont prouvé à ma mère que je n'avais ni menti ni rêvé.

Oh je n'ai pas fait la une de la presse nationale ! Mais à la page Culture de quelques quotidiens, les journalistes rivalisaient de titres élogieux :

« UNE ÉTOILE EST NÉE »
« RAVEL REDÉCOUVERT »
« UN JEUNE VIRTUOSE DE TALENT REMPLACE RICCORINI INDISPOSÉ »

Certains compliments étaient exagérés, je n'en étais pas dupe. Par exemple, le critique du *Monde* affirmait que *depuis la disparition de Samson François, aucun jeune prodige de la dimension de Paul Niemand ne s'était révélé au public.*

Flatteuses, toutes ces comparaisons. Mais surtout très effrayantes.

J'achetai le magazine *Classica*. Là, le célèbre et impitoyable critique musical Raoul Duchêne m'avait consacré un article, prudemment intitulé :

UN RÉCITAL PROMETTEUR

Amado Riccorini est un grand. Rien d'étonnant donc à ce qu'il forme des élèves chez qui l'on serait tenté de retrouver déjà la patte d'un authentique soliste.

L'un d'eux, le jeune Paul Niemand, a créé la surprise à Pleyel samedi dernier. Cet inconnu a remplacé au pied levé son maître, victime d'une hépatite.

Certes, sa façon vigoureuse et spectaculaire d'aborder Franz Liszt n'est pas sans rappeler le jeu époustouflant d'un Georges Cziffra. Et sa maîtrise dans l'interprétation de deux œuvres majeures de Maurice Ravel (notamment Gaspard de la nuit*) peut surprendre.*

Cependant, c'est dans Schubert que Paul Niemand apparaît le plus novateur. Avec Schubert, on le sait, le défaut de nombreux interprètes est d'en faire un peu trop. Tout le monde n'a pas la perfection et la mesure d'un Alfred Brendel ou d'un Vladimir Ashkenazy. Paul Niemand pourrait bien posséder ces qualités en germe – ainsi que d'autres, qui ne demandent qu'à s'épanouir.

On sait comment Glenn Gould a, en son temps, bouleversé la vision académique de certaines œuvres de Bach. Et chacun a encore en tête sa stupéfiante interprétation des Variations Goldberg.

À sa manière, Paul Niemand pourrait bien jouer avec Schubert le même rôle : il éclaire sans trahir, il renouvelle sans bouleverser.

Désormais, il convient de suivre avec la plus grande attention ce que ce Paul Niemand nous réserve.

J'ai relu trois fois l'article. Raoul Duchêne, avec indulgence, avait passé sous silence mes *Miroirs*. Le soir même, Amado me téléphona. Depuis trois jours, je lui laissais des messages sur son répondeur. Sa voix n'était pas très assurée.

– Alors, il paraît que tu as fait un malheur ?

– Amado ! Comment allez-vous ?

– Mieux. On m'a tiré d'affaire. Tu sais que j'ai failli y passer ? La fièvre baisse. Mais mon foie a la taille d'un pois chiche. Interdiction de quitter la chambre avant la fin du mois. Dis-moi, Pierre… je dois te féliciter ! D'après ce que je lis un peu partout, je n'aurais pas fait mieux l'autre soir ?

– Vous vous moquez de moi. J'ai essayé de… de vous faire honneur.

– Jolibois et de La Nougarède m'ont raconté. Ils sont enchantés. Moi aussi. J'ai hâte d'écouter ton récital. Tu sais qu'il est retransmis samedi soir ? Pierre… tu n'as pas la grosse tête, au moins ?

– Oh non !

J'ai repensé à Alexandre Lagoya, le grand guitariste. Peu avant de mourir, il avait donné un récital près de Cogolin, en Provence, au château de La Garcinière. J'avais eu la chance d'y assister avec mon père. Le public était très réduit, le concert avait lieu dans la petite cour du château, en plein air. Et le maître, entre chaque morceau, débattait avec nous, complice. Il y eut un moment magique : son interprétation de *Souvenirs de l'Alhambra* de Francisco Tarrega.

C'était parfait.

Divin. Sublime.

Lagoya nous avait confié :

– Pour jouer correctement de la guitare, il faut une dizaine d'années par corde. Heureusement, cet instrument n'en a que six. Je commence à en jouer à peu près bien.

J'ai dit à Amado, en mesurant mes mots :

– Je crois que je peux devenir un bon pianiste. Dans quelques années, oui, peut-être bien.

– En attendant, tu ne dois pas te contenter d'apprendre. Il faut que tu commences à organiser ta carrière. En donnant quelques récitals. Et d'abord en les préparant soigneusement.

– Je ne suis pas prêt, Amado !

– Ma… Qu'est-ce que tu crois ? On ne choisit pas ! J'aurais préféré jouer à ta place, et ne pas être cloué au lit…

Au bout du fil, Amado a ri. J'étais plus sérieux que lui.

– De toute façon, je suis en seconde. Je n'interromprai pas mes études.

– Mais tu ne les achèveras pas non plus.

Amado a laissé peser le silence, j'avais du mal à le porter.

– Pierre, écoute-moi bien. Que veux-tu faire dans la vie ? Du droit ? De la médecine ? Bon, d'accord, dans ce cas, abandonne le piano tout de suite ! Mais si tu veux entamer une carrière de soliste, ce n'est pas l'an prochain qu'il faudra y songer. C'est dès maintenant. Alors voilà : Jean Jolibois est ici, à côté de moi. Il a des propositions à te faire. Il s'agit d'assurer deux récitals. L'un pour me remplacer, salle Gaveau, le 12 avril de l'année prochaine…

– Vous remplacer ? Mais d'ici là, vous serez guéri !

– Écoute, Pierre : pour le 12 avril, j'avais réservé ma réponse puisque je devais partir à Pâques pour les États-Unis. Jolibois vient d'appeler le directeur de la salle. Ce sera toi ou personne. Crois-moi, il a vite choisi. Ce récital, tu as six mois pour le préparer.

– C'est vous que le public attend !

– J'avais deux concerts en Allemagne la semaine prochaine. Jolibois vient de les annuler. Là, il n'est pas question que tu me remplaces. D'abord parce que je ne pense pas que tu sois prêt à préparer en six jours la partie soliste du *Deuxième Concerto* de Saint-Saëns. Et ensuite parce que le public veut entendre Riccorini, c'est vrai. Mais je te passe le relais, Pierre. Et si tu ne le saisis pas, ce n'est vraiment plus la peine de venir chez moi ! Je t'embrasse.

Il a raccroché.

Mon père est arrivé à ce moment-là. Il rentrait de Barcelone avec le sourire, une valise et quelques cadeaux. Il m'a trouvé en larmes.

– C'est la joie, a dit ma mère. Viens, Jean-Louis, je vais t'expliquer.

Un peu plus tard, mon père est venu me voir dans ma chambre. Il ne m'a rien dit, mais il m'a serré dans ses bras. Ce serait épouvantable si je le décevais, à présent.

Riccorini, le public, mes parents... Tant de gens me font confiance! Quand je pense que c'est pour épater la fille de troisième B que j'ai joué samedi...

Et elle ne sait même pas qui je suis.

Mercredi 5 octobre

C'est arrivé. Je l'ai revue. Ou plutôt, cette fois, c'est elle qui m'a aperçu.

Je me trouvais sur le banc, en train de rédiger mon journal. Et puis tout à coup, j'ai ressenti une présence. Exactement l'impression qu'on a au moment qui précède l'appel de son nom par le prof.

Nos regards se sont croisés. J'ai compris qu'elle m'avait reconnu, enfin reconnu l'élève du lycée.

Je ne sais plus qui a dit bonjour à l'autre le premier. J'ai bien cru qu'elle n'allait pas s'arrêter. Pourtant, le miracle s'est produit. Elle a ralenti, m'a souri et m'a dit :

– Tu sais, j'ai bien aimé ton exposé sur Schubert.

C'était une vraie déclaration d'amour. Schubert avait été mon meilleur interprète. J'ai protesté pour la forme :

– C'était très mauvais. Si j'avais pu avoir le piano de la salle de musique…

– Parce que tu joues du piano ?

À cet instant, j'avoue, j'ai failli craquer, comme Superman, lorsque sa copine journaliste est à deux doigts de deviner son identité. D'ailleurs, c'est ce souvenir qui m'a fait hésiter. Je me suis rappelé comment, dans le film, le grand dadais à lunettes se fait rabrouer : lui, Superman ? Impossible !

Moi, hier, sur mon banc, j'étais le Superman du clavier. Si je lui avais déclaré que j'étais Paul Niemand, elle m'aurait ri au nez. J'ai pensé à Lagoya aussi. Et je lui ai répondu :

– Un peu.

– Alors tu connais peut-être la *Wanderer Fantasie* ?

– Bien sûr !

Là, j'ai cru deviner qu'elle était musicienne. Et que nous allions parler la même langue. D'ailleurs, elle a enchaîné avec le concert de samedi, avec Amado Riccorini et son remplacement par cet élève inconnu.

Hypocrite, j'ai risqué :

– Et comment c'était ?

– Fabuleux !

J'aurais bien aimé qu'elle le dise moins fort pour lui demander de le répéter. Aucun doute : j'avais bien entendu.

Mais j'ai très vite compris qu'elle ne connaissait pas la musique. D'ailleurs, après cet aveu, elle n'avait plus rien à déclarer. C'est dommage, moi je l'aurais écoutée des heures me dire combien le récital lui avait plu.

Au lieu de ça, elle m'a reproché :

– Par contre, ce qu'il a joué ne correspondait absolument pas à ce qu'annonçait le programme.

– Alors tu as dû être déçue…

– Pas du tout ! Mais je ne connais aucune des œuvres qu'il a jouées.

Très dur de parler musique avec quelqu'un qui est incapable d'identifier Ravel ou Schubert ! Autant enseigner le calcul à un enfant qui ignore les chiffres.

– Et je voudrais me les procurer.

– Aucun problème. Écoute France Musique samedi. Le récital sera diffusé en différé.

J'avais parlé trop vite.

– Mais… comment tu le sais ?

– Oh, moi je ne vais pas beaucoup au concert, mais je consulte les programmes. Et la musique, je l'écoute à la radio.

Elle m'a soudain considéré comme si nous nous connaissions depuis des années.

– En fait, m'expliqua-t-elle, j'ai obtenu une place gratuite salle Pleyel grâce à Oma, ma grand-mère. Elle avait gagné un concours à la radio. Ce récital…

Elle a hésité, m'a murmuré comme on confie un gros péché :

– Ça a été une révélation. Jusqu'ici, la musique classique, je n'y connaissais rien. Ce pianiste extraordinaire m'a donné envie de la découvrir. Le lendemain, j'ai acheté la sonate *Wanderer*.

– Donc, ce morceau de Schubert, tu l'avais bien reconnu ?

– Oh non. Ce sont mes voisins de fauteuil qui l'ont identifié. Le C.D. m'a déçue : le pianiste ne joue pas aussi bien que le soliste de samedi soir.

– Qui joue, sur ton C.D. ?

– Alfred Brendel, je crois.

Je buvais du petit-lait. Et en même temps, je comprenais qu'elle n'y connaissait rien en musique ! Car le jour où j'interpréterai Schubert aussi bien qu'Alfred Brendel, c'est moi qui donnerai des leçons à Amado Riccorini.

Jeanne était une élève innocente, facile à éblouir. En bon prof, je devais rectifier le tir.

– Brendel, c'est un des plus grands. Mais on est très influencé par la première interprétation d'une œuvre. Il faudrait que tu écoutes de bons disques. Si tu veux, je peux t'en prêter. Surtout des 33 tours… tu as une platine ?

Elle a soupiré :

– Non. Mon frère m'a passé son mauvais lecteur.

– Écoute… Le mardi, tu me trouveras ici, sur ce banc. La semaine prochaine, je t'apporterai quelques compacts. Si le cœur t'en dit…

Le mien battait très fort. La balle était dans son camp.

– D'accord. Merci. Salut, il faut que j'y aille.

Elle s'est levée, m'a adressé un signe, s'est éloignée dans l'allée, a disparu. Le temps, qui s'était suspendu, s'est remis tout à coup à couler. C'était comme si je me réveillais après un rêve extraordinaire.

Dans ma vie, jusqu'ici, il ne s'était jamais rien passé. Mais l'arrivée simultanée de cette fille et du succès, ça me donnait soudain un grand vertige et une folle certitude : ces deux événements étaient liés. Je n'avais plus qu'une envie, qu'ils poursuivent leur chemin ensemble, et qu'ils aillent très très loin.

Dimanche 9 octobre

J'ai écouté mon récital sur France Musique.

C'est terrible de s'entendre. Un enregistrement accentue toujours les défauts. Comme un verre grossissant. Bon, dans Schubert, je ne suis pas mauvais, je l'admets. Mais mon interprétation de *Miroirs* a tout cassé. J'ai pensé : je suis bon pour sept ans de malheur…

Juste après la retransmission, Amado m'a appelé. Au milieu de tous ses compliments, il a mis le doigt sur ma fausse note :

– Mais tu m'as un peu déçu dans… tu sais où ?

– Oui, Amado : dans *Miroirs*.

– Ah, ta main gauche ! Trop lourde ! Et puis avec *Miroirs*, il faut être… aérien, poétique, léger, léger ! Ma… tu as été…

– Scolaire.

– Non ! a-t-il nuancé. Non, c'était bien mais…

Quand Amado dit « bien », il ne faut pas se fier au mot, mais à la modulation et au ton. Ici, son « bien » voulait dire : « Pas mal, mais insuffisant. Doit beaucoup mieux faire. »

Mon père, lui, a jugé Amado très dur. Il a enregistré le récital. Je sais qu'il l'écoutera et le réécoutera en voiture. À cause de lui aussi, je suis condamné au succès.

Mardi 11 octobre

À Chaptal, on ne mélange pas lycée et collège. Les élèves ont les mêmes professeurs mais des cours différentes pour les pauses. J'ai guetté la fille de troisième B toute la semaine. Au réfectoire, au C.D.I., dans les couloirs.

Impossible de l'apercevoir.

Ce matin, pour en avoir le cœur net, j'ai fait un saut dans la salle de musique quelques minutes avant neuf heures, histoire de vérifier que je n'avais pas rêvé.

Aucun doute : par la porte vitrée, je l'ai aperçue au premier rang, face à Bricart.

Ce soir, j'ai très peur qu'elle ne vienne pas. Qu'elle ait oublié notre rendez-vous. Ou qu'elle ait un peu trop réfléchi.

Mercredi 12 octobre

Elle est venue. C'est merveilleux et inquiétant : quand un miracle se reproduit, on en prend vite l'habitude.

Elle s'appelle Jeanne.

Jeanne Lefleix.

Son nom a éveillé un écho :

– Eh... tu ne serais pas la fille de la prof d'allemand ?

– Si. Enfin presque.

Elle m'a livré une justification compliquée :

– Ma mère est morte et mon père s'est remarié, tu comprends ?

J'ai compris que j'avais mis le doigt dans un drôle d'engrenage. Mme Lefleix est ma prof d'allemand depuis deux ans. J'ignorais que sa fille (enfin, presque) se trouvait au collège. Fréquenter la fille (ou le fils) d'un enseignant, c'est toujours un problème. Les enfants des profs, qu'ils le veuillent ou non, ce sont toujours des espions. Parfois même des agents doubles. Les pires refusent de l'admettre.

– Je ne l'ai pas fait exprès, m'a-t-elle dit.

Elle avait raison : moi, je suis bien le fils de Jean-Louis Dhérault, ce n'est pas toujours une situation très confortable.

– Si nous parlions d'autre chose que de ma mère ?

Nous avons parlé du concert. Enfin, elle surtout. La voix de Jeanne a un timbre très particulier. Elle résonnait dans ma tête comme une corde de violoncelle, au point que j'écoutais la mélodie sans trop m'occuper des paroles. C'était d'ailleurs bien dommage : elle faisait l'éloge de Paul Niemand. À l'en croire, un génie de la musique.

Presque jaloux, je ricanai :

– Eh bien... il faudra que tu me le présentes !

– Au fait, tu as pensé à m'apporter des C.D. ?

Je lui en avais sélectionné une dizaine. Notamment la *Wanderer Fantasie*, par Amado Riccorini. Elle me le rendit :

– Oh, celui-là, tu sais bien que je l'ai acheté.

Je n'ai pas osé insister. Mais en fait, elle n'a pas le même disque, puisque l'interprétation est différente.

Jeanne était obsédée par une idée fixe. Elle rougit un peu avant de m'avouer :

– Pierre… J'aimerais apprendre le piano. Qu'est-ce que tu en penses ?

– Ma foi, c'est une bonne idée. Mais…

– Mais quoi ? Je suis trop vieille, n'est-ce pas ? C'est ce que m'a dit ma mère.

Je croyais qu'elle ne voulait pas qu'on parle de sa mère…

– C'est vrai qu'il vaut mieux commencer plus jeune. Tu comprends, c'est comme si tu me disais : « Je veux faire le prochain Tour de France, mais je ne sais pas encore monter à bicyclette. » Imagine, il y a du boulot… Sauf si tu veux courir simplement pour te distraire.

Elle me regarda avec quelque chose qui ressemblait à de l'envie. Moi, le piano, je le lui aurais bien appris. J'aurais volontiers joué les Riccorini.

– Tu as un piano ? Tu en joues depuis quand ?

– Oh, depuis assez longtemps !

Elle soupira, têtue :

– Je voudrais tant jouer d'un instrument… Dis-moi, Pierre, lequel ?

J'ai regardé Jeanne. Et j'ai su. Oui, comme dans un rêve prémonitoire, je nous ai imaginés tous les deux. Moi assis, dans l'ombre, au piano. Elle debout, resplendissante dans la lumière, en train d'exprimer à haute voix ce que je dis avec les doigts. C'était lointain et fou.

– Chante.

– Comment ? Qu'est-ce que tu dis ?

– Apprends à chanter, Jeanne.

J'ai senti que c'était trop tôt. Elle ne m'écoutait pas. Pour que Jeanne soit attentive, il faut que j'emprunte les traits d'un soliste sans visage qui lui parle avec la voix du piano.

Une heure plus tard, je me rendais chez Amado. Jolibois m'ouvrit. Il jouait les gardes-malades et m'avertit en m'amenant au chevet du pianiste :

– Ne le fatiguez surtout pas. À huit heures, je vous chasse.

Amado avait perdu six kilos. Sa tête avait la couleur d'un vieux citron sale. Il insista pour venir jusqu'au salon, où Jolibois l'aida à s'installer dans le grand fauteuil, près du piano. Il avait des difficultés à tenir debout, grommelait en titubant :

– Un mois ! Un mois au lit, Pierre, ma… tu te rends compte ?

Il me désigna le tabouret et dit, bougon :

– Assieds-toi. Et écoute-nous, espèce de bourrique. Tu as fait un joli coup d'éclat le 1er octobre. Désormais, tu n'as plus droit à l'erreur. Ton deuxième concert aura lieu le 12 avril, à Gaveau. Nous allons le préparer soigneusement. De deux manières. La première, elle concerne la publicité, le contrat, les relations avec la presse et les maisons de disques.

– Comment… enregistrer ? Vous n'y pensez pas !

– Jean et moi, non. Mais Virgin et Erato, si. Leurs représentants étaient à Pleyel l'autre soir. Ils ont déjà pris contact avec nous. Il te faut un agent, Pierre.

Amado me désigna Jolibois, occupé à compter les gouttes d'un médicament qu'il diluait dans un verre. Une vraie mère poule.

– Jean est mon agent depuis plus de vingt ans. Je lui fais confiance. Il répond au téléphone et au courrier, il négocie mes cachets et les dates des concerts. Il touche un bénéfice important, parce que je gagne beaucoup d'argent. Il t'a bien jugé, il t'a fait confiance, et il s'occuperait volontiers de toi, quoique dans un premier temps, tu risques de lui coûter cher. Tu acceptes ?

Ce n'était même pas une question. Amado poursuivit :

– À présent, nous allons travailler les morceaux que tu interpréteras le 12 avril. Cette fois-ci, pas question d'improviser. Nous allons établir le programme du récital ensemble. Dès maintenant. Tu veux du Schubert ? Soit ! Tu as l'embarras du choix. Mais il nous faut du classique. Et quelque chose de contemporain. De plus contemporain que Ravel.

Ça y est. Il allait me proposer du Berio, du Stockhausen ou du Michael Lévinas, un vrai casse-tête pour l'auditeur comme pour l'interprète. Des pièces qui nécessitent la partition sur le pupitre et la présence d'esprit constante du pianiste.

– Beethoven, Liszt et Ravel, tout le monde en veut, tout le monde les joue, tout le monde les achète. Mais c'est en se faisant le découvreur d'œuvres nouvelles qu'un vrai pianiste doit se faire une réputation.

Je risquai :

– Prokofiev ? Ses *Sarcasmes* ?

J'aurais joué sur du velours : ces cinq petites pièces pour piano, je les maîtrise parfaitement.

– Pourquoi pas ? Les *Sarcasmes* ont l'avantage d'être peu interprétés... mais c'est une œuvre mineure, et trop courte.

– Alors sa *Deuxième Sonate* ?

Je la connais par cœur. Amado le savait. Il fit semblant de réfléchir.

– La deuxième ? Trop connue. Travaille donc plutôt sa *Quatrième Sonate*. Ce serait plus original.

J'avais commencé à la déchiffrer l'an dernier. La *Quatrième Sonate* de Prokofiev, c'est un quart d'heure d'acrobatie : une œuvre sèche, dure, une jolie mécanique compliquée, mais encore accessible.

– Reste à choisir le clou du récital. Le gros morceau... J'ai pensé aux *Variations Goldberg*.

– Oh, non !

– Ma... tu avais commencé à les travailler, Pierre ?

– Seulement quelques-unes ! Une dizaine. Les plus faciles.

– Eh bien mettons-nous au travail tout de suite. Je t'écoute.

Le ton d'Amado était sans réplique.

Les *Variations Goldberg*, c'est l'Ancien Testament de la musique. Au départ, un « petit rien », comme aurait dit Mozart : un thème simple, innocent, facile. Suivi de trente variations qui reprennent cette aria sur des tons, des rythmes et avec des modulations aussi diverses que complexes. Trente variations dont la durée va de trente secondes à six minutes. Trente petits bijoux qui rivalisent d'astuce et de complexité. Cette œuvre, un bon pianiste a besoin de trois ou quatre vies pour en faire correctement le tour.

– Amado, comment voulez-vous que je fasse aussi bien que Rudolf Serkin ou Glenn Gould ?

– Je ne te demande pas de faire aussi bien, mais autrement.

– Pardi… Pourquoi pas mieux ?

– Arrête de te sous-estimer, Pierre ! Quand Serkin et Gould les ont abordées, ils avaient à peine plus de vingt ans.

– Est-ce qu'autre chose…

– Impossible, elles sont déjà programmées, dit Jolibois avec un sourire faussement désolé. Vous y arriverez, Pierre, vous y arriverez…

La mort dans l'âme, je me suis mis au piano.

Mercredi 26 octobre

Heureusement, il y a le mardi.

Le mardi, c'est mon dimanche à moi. D'abord, je commence à neuf heures. À midi, quand je rentre, Mme Griffon a fait les courses et préparé le repas.

L'après-midi, j'ai cours d'allemand. Mme Lefleix, c'est déjà un peu Jeanne, même si elle n'est sa mère que par raccroc. Par chance, je ne suis pas mauvais en allemand.

Et puis le mardi, je finis tôt, à seize heures. Là, sur mon banc, j'attends Jeanne.

Jusqu'ici, elle n'a pas manqué un seul rendez-vous. Les disques ont fourni un excellent prétexte. Au point que, parfois, je me demande si Jeanne ne vient pas que pour eux. Mon physique ne l'attire sûrement pas : moi, si j'étais une fille, je crois que je ne me plairais pas beaucoup.

Et je doute que ma conversation l'éblouisse. Quand on me donne la parole, je ne sais jamais quoi en faire, alors je la rends tout de suite, les mots m'encombrent beaucoup trop. Finalement, je préfère écouter, même si ça me semble aussi compliqué. D'ailleurs, les gens adorent parler ; les écouter, c'est sûrement difficile puisque les psychanalystes se font payer très cher pour ça.

Donc, j'écoute Jeanne. Quel que soit le sujet qu'elle évoque, sa voix me parle de musique.

Je ne sais pas comment l'inviter au concert du 12 avril. J'ai quelques mois pour y penser. En attendant, j'ai voulu la familiariser avec Bach. Ça sera dur : elle m'a rendu les C.D. sans les avoir écoutés jusqu'au bout.

– Cette musique me semble difficile, étrangère... compliquée.

Pour l'instant, Jeanne me pose moins problème que Lionel. Autrefois, Lionel était un peu mon copain. Aujourd'hui, de moins en moins. Hier, il m'a aperçu sur le banc avec Jeanne.

– Bien vu ! m'a-t-il dit ce matin avec un sourire entendu. Elle est bien balancée et c'est la fille d'un prof, tu fais d'une pierre deux coups !

Pas deux : trois. Car ce coup-là, Lionel ne me le refera pas. Sinon, je le rayerai de la liste de mes amis. Comme il n'y en a qu'un et que c'est justement lui, la soustraction sera simple.

Samedi 5 novembre

Depuis le début des vacances de la Toussaint, je me bats avec Paul Niemand plusieurs heures par jour au piano. Cette vedette m'encombre. Auparavant, je n'avais pas de comptes à lui rendre. Et ça me gênerait de faire du fric avec la musique.

– Ma... qu'est-ce que tu crois ? m'a lancé Amado la semaine dernière. Tous les artistes ont le même problème : s'ils veulent passer leur vie à cultiver leur passion, il faut bien qu'ils monnaient leur talent.

Pas aimable du tout, Amado, ce soir-là. Pour un peu, il m'aurait accusé de haute trahison.

– Il est encore temps que tu deviennes plongeur chez Mac Do ! Tu feras du piano chez toi, une heure le soir, après ta journée de travail.

Du piano, j'en fais dix heures par jour depuis le début de la semaine. Ce qui ne me dispense pas de la corvée de vaisselle.

Mercredi 23 novembre

Amado est guéri.

C'est bien dommage, parce qu'il déploie trois fois plus d'énergie.

Quand il s'adresse à Pierre, il est toujours adorable. Mais il devient impitoyable quand Paul Niemand est au piano.

Après chaque séance, Pierre ressort enrichi, mais Paul complètement sur les rotules. Avec la consigne de travailler les *Variations Goldberg* une ou deux heures par jour.

Pour Schubert, Amado m'a aussi convaincu : pas d'interminable sonate, mais trois petits *Impromptus*.

– Le 12 avril, ce n'est pas pour toi que tu joueras, comprends-tu ? Le public, lui, il veut être distrait, ému, emporté, ébloui, convaincu ! Au fait... et Prokofiev ?

– J'ai commencé à reprendre sa *Quatrième Sonate*.

– Et le bis ? Tu y as pensé ?

Amado est persuadé qu'on m'en réclamera un.

– Justement. Prokofiev, ses *Sarcasmes* ?

– Non. Il faut trouver plus fort, plus original. Cherche. Là, je te laisse le choix. Mais j'insiste, du contemporain. Et si possible une œuvre de jeunesse.

Ça, c'est une conviction d'Amado : on est génial jeune... ou jamais !

– Oui. Le génie, ça se cultive. Mais ses premiers germes mûrissent tôt. Ne parlons pas de Mozart... Bizet avait seize ans quand il composa sa première symphonie. Et toi qui aimes Schubert, songe à son lied *Le Roi des aulnes*, l'un des premiers, l'un des plus beaux.

C'est vrai. Quand il composa *Le Roi des aulnes*, Schubert avait dix-sept ans. Quant à Mozart, c'est à douze ans qu'il écrivait *Bastien et Bastienne* et la *Finta Semplice*, son premier opéra, toujours joué et enregistré aujourd'hui !

Amado est bien sévère avec moi : pour un peu, à ses yeux, je passerais pour un attardé avec mes seize ans déjà.

Mercredi 30 novembre

Hier, Jeanne m'a pris la tête. En me rendant les disques compacts que je lui avais prêtés, elle m'a déclaré, au bord des larmes :

– Quand je pense à toute la misère du monde, je me dis que nous sommes des privilégiés. Et que la musique est un luxe superflu !

– Quoi ?

– Mais oui, Pierre ! Il y a tant à faire pour soulager ceux qui, partout, souffrent des injustices, de la guerre, de la faim...

Je ne l'ai pas laissée finir. Sinon elle jouait les Mère Térésa et n'attendait pas Noël pour filer en Afrique avec Médecins sans frontières. J'ai bondi, j'ai crié, et elle n'a pas pu m'arrêter :

– Écoute, Jeanne, je n'ai aucun scrupule. Dans la vie, il y a des nuisibles, des dictateurs, des bourreaux, des magouilleurs et des sadiques. Et les autres… Ceux-là ne font de mal à personne. La plupart du temps, ils survivent. Ils mènent leur vie proprement. Tu connais le livre de Robert Newton Peck ?

Elle n'avait jamais lu *Vie et Mort d'un Cochon*. Moi, si.

– L'auteur raconte son enfance. Il a dédié ce texte à son père, « un homme doux et paisible, égorgeur de cochons par métier ». Parce qu'on peut être à la fois un boucher et un brave homme. Moi, je ne fais à peu près bien que ce que m'a appris mon père : de la musique. Si ma passion peut soulager ou distraire, j'aurai rempli ma mission. Et puis je n'ai pas le choix, je ne sais rien faire d'autre. On peut aider l'humanité autrement qu'en donnant du riz aux affamés.

D'abord, Jeanne n'a rien répliqué. Elle m'a regardé avec des yeux ronds, épatée. Parce que je n'avais jamais dû lui en dire autant d'un coup.

Et puis, rien que pour me contrarier, elle a ajouté, perfide :

– La musique, ce n'est pas la meilleure des choses… Les militaires s'en servent aussi.

Je n'ai pas répondu. Parfois, j'ai l'impression que Jeanne fait exprès de m'exaspérer. Comme au poker, pour voir. Mais je n'ai rien à lui montrer. Et peu de choses à lui dire. Pourtant, Lionel m'avait bien prévenu :

– Les filles, ce qu'elles aiment, c'est le baratin, les compliments. Tu leur parles, tu leur dis qu'elles sont géniales. Et surtout, tu n'as pas peur de te répéter : au fond, elles en redemandent.

C'est dommage. Je n'aime pas les discours hypocrites. Ni les emballages-cadeaux, surtout quand ils ne contiennent rien. Jeanne, je lui veux beaucoup de bien, mais je ne vois pas pourquoi je mettrais tant de mots autour.

Mercredi 7 décembre

Hier, Jeanne était rayonnante. Et du coup, j'étais heureux. Le bonheur, c'est une maladie contagieuse qu'on n'attrape qu'avec les gens qu'on aime.

– Imagine, Pierre : pour Noël, j'aurai une chaîne hi-fi ! Avec une platine disques.

– Tu veux dire, pour les disques vinyle ?

– Oui. Tu m'as bien dit que tu me prêterais tes 33 tours ? Ta promesse tient toujours ?

– Bien sûr.

Cette platine, c'est une sorte de main tendue.

Une pub recommande « Dites-le avec des fleurs. » Moi, c'est avec de la musique que je vais tout lui avouer : les morceaux que je lui proposerai seront une déclaration d'amour renouvelée. Surtout en fa dièse mineur, parce que c'est le ton de l'intimité.

Mercredi 14 décembre

Il y a des bons et des mauvais mardis. Hier n'était pas un mardi réussi. Pour plusieurs raisons… la principale étant que la semaine suivante, il n'y aura pas de mardi du tout.

En effet, Amado a téléphoné dimanche ; il exige que je vienne désormais chez lui deux ou trois heures de plus. Il m'a demandé mes horaires du lycée. Naïf, je les lui ai donnés.

– Quoi ? Tu finis le mardi à quatre heures ? Et tu ne me l'as jamais dit ? Je t'attends avant cinq heures, mardi prochain. Inutile de discuter !

Après ce futur mardi sans banc, sans Jeanne, sans disques à rendre ni à prêter, il y aura les vacances. Près d'un mois sans ma fille de troisième B préférée. Presque l'éternité.

Sauf si elle ne part pas en vacances, et si elle accepte de venir écouter de la musique chez moi.

Hier, me voilà donc avec la double intention d'avertir Jeanne de mon absence, et de l'inviter à la maison.

Tout est tombé à l'eau.

Je l'ai aperçue de loin. Plus jolie que jamais, elle pressait le pas, elle était rouge d'excitation et de joie. J'ai d'abord cru que c'était la perspective de me voir. Elle a été charitable, elle m'a vite détrompé :

– J'ai fait une découverte extraordinaire… dimanche… dans la cave de notre appartement !

Elle était tout essoufflée. Sûr qu'elle avait déniché une cassette de louis d'or.

– J'ai trouvé des disques. Des centaines de disques. Des 33 tours. Rien que du classique.

– Ah bon ?

Je l'ai laissée s'asseoir et reprendre haleine. Jeanne ne me regardait pas, elle était encore plongée dans son souvenir. J'ai senti que c'était quelque chose d'important. Je ne savais pas encore très bien pourquoi, mais ces centaines de disques m'écrasaient, tout à coup.

J'ai grommelé :

– C'est drôle, nous, la cave, on y entrepose plutôt les bicyclettes rouillées et les vieux meubles. Les disques, on les range soigneusement dans la salle de séjour.

– Attends, je vais t'expliquer. Mon père était ingénieur du son. Durant toute sa vie, il a effectué des tas d'enregistrements. Je suppose que les maisons de disques lui en envoyaient un exemplaire dès leur parution. Pendant des années, il les a accumulés. Quand il est mort…

– Je croyais que c'était ta mère qui était morte. Ton père est mort, lui aussi ?

– Oui. Ma mère est morte à ma naissance, et mon père quelques années plus tard. Il venait de se remarier. Avec celle que j'appelle Mutti.

– Mme Lefleix ? Ma prof d'allemand ?

À ce moment-là, j'ai compris que Jeanne était une sorte d'orpheline. Elle me l'avait caché jusqu'ici. Ou plutôt, elle ne me l'avait jamais dit. En me le révélant, sa joie s'était évanouie. C'était, dans ce qu'elle avait à me dire, une parenthèse dont elle se serait bien passée.

Elle déglutit comme pour avaler une grosse pilule avant de m'expliquer :

– Quand mon père est mort, Mutti a rangé tous ses disques dans deux grandes cantines de métal. Elle les a reléguées à la cave, elles y sont restées une éternité.

– Drôle d'endroit tout de même, non ? Qu'est-ce que Mme Lefleix n'aimait pas pour avoir jeté au rancart tous ces disques : la musique ou… son mari ?

Ma question était méchante et stupide. Elle soulevait des souvenirs encore plus durs à réveiller. Jeanne fit une pause. Et poussa un soupir. J'avais mis un bémol à sa joie.

– C'est une longue histoire.

– Écoute, Jeanne, excuse-moi, je ne voulais pas être indiscret…

Je me méfie des confidences. Pour ne pas les répéter par inadvertance, je ne connais qu'une solution : ne pas les entendre. Lionel m'avait prévenu que les filles étaient compliquées, et leurs confidences l'assurance d'ennuis au carré.

– Laisse-moi t'expliquer, Pierre. Il le faut, si tu veux comprendre.

Je voulais. Que Lionel aille au diable !

– Vois-tu, la mort de mon père, ça a été un drame. Il a péri dans l'incendie accidentel de sa maison, en Provence. À l'époque, j'étais toute petite, je ne me trouvais pas avec lui, mais à Paris avec Mutti. Tout a brûlé. Il ne restait pratiquement rien. Seul un bâtiment annexe avait subsisté : l'auditorium que mon père avait fait construire et dans lequel se trouvaient son piano, son matériel d'enregistrement et ses disques.

Jeanne parlait et pleurait sans même s'en rendre compte. Les mots et les larmes coulaient en un flot désormais continu. J'étais noyé par son chagrin envahissant.

D'abord, je n'ai pas bien compris sa peine rétroactive : comment pouvait-elle pleurer un père dont elle ne se souvenait sûrement pas ? Jeanne me raconta l'histoire, elle la connaissait bien. Et en la revivant, elle ravivait son chagrin.

– Alors Mutti a tout vendu : la maison, ou plutôt le terrain avec les ruines. Elle a mis en salle des ventes à Draguignan tout le matériel de mon père – elle ne savait même pas s'en servir. Et avec l'argent de l'assurance, elle a acheté à Paris l'appartement où nous vivons aujourd'hui. Elle était enceinte de Florent. Florent, c'est mon frère, enfin, c'est le fils de Mutti et de mon père… Elle a appelé au secours sa mère, qui vivait en Allemagne. Aujourd'hui, Oma, c'est comme ça que j'appelle ma grand-mère, vit à côté de chez nous, dans un petit studio.

Elle a reniflé, ses deux mains ont disparu à la recherche d'un mouchoir.

Elle n'en a pas trouvé, je lui ai donné le mien. Elle a essuyé un peu ses larmes et ses sanglots.

J'ai récupéré mon mouchoir et gardé sa main dans la mienne. C'était simplement pour me rapprocher de sa peine.

J'ai demandé doucement :

– Mais les disques ?

– Mutti a voulu tout oublier, l'incendie, la mort de mon père… Pour nous comme pour elle. Elle ne parle jamais de cet horrible passé. On dirait qu'elle veut l'effacer. À la maison, c'est un sujet tabou. Mais voilà : dimanche dernier, au milieu de la conversation, Mutti s'est soudain souvenue des disques… Elle les avait conservés et rangés à la cave, dans ces fameuses cantines.

– Mais pourquoi ?

– Elle affirme que nous n'avions pas assez de place dans l'appartement et que d'ailleurs, nous n'avions plus de chaîne pour les écouter. La vraie raison est ailleurs. Si elle les avait eus sous les yeux, ils lui auraient sans cesse rappelé mon père. C'est pour ça qu'elle les a enterrés.

– Et tu les as retrouvés, Jeanne !

Comme j'avais partagé sa douleur, j'essayais de partager sa joie. C'était difficile. Pourtant, j'aime la musique. Mais des disques, c'est tout de même un peu des boîtes de conserve. Comme qui dirait du réchauffé.

– Ces disques sont très importants. Le nom de mon père figure sur beaucoup d'entre eux. C'est lui qui les a enregistrés. C'était lui le preneur de son. Un preneur de son, vois-tu, c'est quelqu'un…

Elle a fait semblant de le savoir, et j'ai fait semblant de l'apprendre. Mais c'est moi qui lui ai expliqué qu'un excellent concert mal enregistré perd tout son intérêt. Jeanne semblait ravie de découvrir que l'ingénieur du son peut être aussi important que le compositeur ou l'interprète.

– Les disques de mon père, je te les prêterai, si tu veux.

– Oh, non ! Je risquerais de les abîmer.
– Mais tu voulais me prêter les tiens ?
– Les miens sont moins précieux. Et puis maintenant…

Elle ne m'écoutait plus. Elle écoutait déjà ses disques, en pensée. Elle était comme ces gens bizarres qui ne goûtent jamais le présent. Et moi, cet instant, j'aurais bien voulu l'agripper mais il me glissait entre les doigts.

– Jeanne… que fais-tu pendant les vacances ?

Quelle question ! Elle s'occuperait de ses disques ! Je pouvais garder les miens. Elle n'avait plus aucune raison de venir à la maison. Je lui tendis tout de même le papier sur lequel j'avais inscrit mon numéro de téléphone. Une vraie bouteille à la mer. Et j'étais comme un naufragé.

J'ai bégayé trois mots, en guise de signal de détresse. Mais elle ne m'a pas lancé la bouée que j'attendais :

– Tu… tu veux bien me donner le tien ?
– Hein ? Ah, oui, bien sûr !
– Je te souhaite de bonnes vacances. Parce que mardi prochain, je ne pourrai pas être là.

Ça n'avait aucune importance. Elle était déjà ailleurs.

Vendredi 6 janvier

Ce fut, comme chaque année, un Noël à quatre mains : les miennes et celles de mon père.

Mon père, il est un peu comme moi. Le piano, c'est sa seconde voix. Chaque année, pour le réveillon, nous interprétons quelque chose. Pour notre propre plaisir. Mais aussi pour distraire ma mère qui nous écoute dans son fauteuil roulant.

Il n'y a qu'un seul instrument, mais c'est un récital en trio. Parce que nous sommes deux à jouer, et que ma mère est complice. Son silence, c'est de la musique. Et il circule à ces moments-là beaucoup d'amour entre nous.

Cette année, nous avons joué cinq œuvres d'Érik Satie. À eux seuls, leurs titres sont tout un programme : ses *Préludes flasques (pour un chien)*, puis *En Habit de cheval*, ses *Aperçus désagréables*, ses *Trois Petites pièces montées* et enfin *La Belle Excentrique, fantaisie sérieuse.*

Pendant tous ces jours de congé, Jeanne ne m'a donné aucune nouvelle.

Mais Amado, lui, m'a donné beaucoup de conseils et Jean-Sébastien Bach énormément de soucis. J'ai très longtemps buté sur sa *Cinquième Variation Goldberg*. Si j'avais quatre mains, comme à Noël, peut-être parviendrais-je à la jouer correctement. Agacé, Amado m'a dit :

– Pour l'instant, laisse-la de côté.

Quant à la fin de la *Huitième Variation*, elle nécessite sûrement une main particulière, avec trois doigts de plus et trente centimètres d'envergure du pouce à l'auriculaire.

– Tu la travailleras plus tard, m'a conseillé Amado.

Mais la plus terrible, c'est la *Quatorzième*. Je la déchiffre correctement et la joue à peu près sans erreurs. En un peu plus de deux minutes. Glenn Gould, lui, l'interprétait en cinquante-neuf secondes. J'ai vérifié sur le C.D. À croire que l'ingénieur du son l'a enregistrée en accéléré.

– C'est très bien ! m'a dit Amado. Ce qui compte, c'est la façon de jouer. Pas la vitesse. Tu as trois mois pour t'entraîner.

Pardi ! Autant affirmer à un champion qui court le cent mètres en dix secondes que ce n'est pas trop grave, puisqu'il lui reste dix semaines pour réduire son temps de vingt pour cent. Et puis à force de mettre de côté tout ce qui me gêne, le 12 avril je jouerai six ou sept variations au lieu de trente. Ça m'étonnerait que Raoul Duchêne ne flaire pas la supercherie.

Mercredi 11 janvier

Hier, c'était le premier mardi de la rentrée. Jeanne viendrait-elle ?

Cette question, j'ai eu deux heures pour me la poser : après le cours d'allemand avec Mme Lefleix, on vint nous avertir que le prof de maths était malade. J'ai quitté le lycée. Rentrer et revenir sur le banc à quatre heures et demie ? Et si l'un des profs de la troisième B avait été absent lui aussi ? Les profs sont des gens fragiles. Surtout l'hiver, et quand ils ont des classes difficiles. Bref, il n'était pas question de rater Jeanne le jour où je pouvais lui souhaiter la bonne année.

Je me suis installé sur le banc. J'étais tranquille. Aucun touriste, peu de passants. Un quart d'heure plus tard, j'ai compris pourquoi. Je commençais à geler sur place.

J'ai fait des allées et venues pour me dégourdir les jambes. Et dix minutes avant la demie, je me suis installé pour écrire, décidé à ne pas lever le nez, persuadé que Jeanne ne viendrait pas. Je me vautrais dans mon infortune avec des joies de suicidé. Certains s'entêtent dans la satisfaction ; moi, c'est plutôt dans la douleur.

Elle est arrivée, m'a souri et m'a gentiment embrassé.

– Bonne année, Pierre. Oh, comme tu as les joues froides !

Dans un sens, Lionel a raison : les filles, c'est imprévisible. Ce jour-là, Jeanne était pleine d'attentions pour moi. Elle avait la vie devant elle et du temps à me consacrer.

– On marche un peu ? J'ai des tas de choses à te dire…

Moi, j'avais des envies d'écouter. Elle s'est serrée contre moi et m'a entraîné dans l'allée. Dans ces conditions-là, je la suivrais jusqu'au bout du monde.

Elle m'a parlé de ses disques. De sa chaîne hi-fi. Elle avait une mine de comploteuse, elle me cachait quelque chose. Elle a fini par vider son sac.

– Tu sais, mes fameuses cantines ? Eh bien elles ne contenaient pas que des disques…

Décidément, c'étaient de vraies malles au trésor.

– Quoi d'autre ?

– Des bandes magnétiques. Pas des cassettes ordinaires, mais des vraies bandes d'un kilomètre. Comme celles qu'on utilisait autrefois à la radio.

– Qu'est-ce qu'elles contiennent ?

– Je ne sais pas. Je n'ai pas de magnétophone approprié pour les lire.

– Mon père en possède un. Si tu veux…

Elle s'est arrêtée soudain. Nous étions arrivés dans la rue du Mont-Dore, qui est adjacente au boulevard des Batignolles. Elle m'a désigné le porche sous lequel nous étions abrités.

– J'habite ici. Tu as une minute ? J'aimerais te montrer mes disques. Et puis tu prendras l'une de ces bandes, pour l'écouter.

Ce que j'avais espéré en vain pendant les quinze jours des vacances, elle me le proposait maintenant, à l'improviste. C'était trop beau pour être vrai.

Elle a appelé l'ascenseur ; il aurait pu contenir à peine la moitié d'un adulte. À la pensée de me retrouver tout contre elle, la panique m'a saisi. J'ai préféré éviter l'incident et prendre la poudre d'escampette. C'est-à-dire l'escalier.

À peine étions-nous dans l'appartement qu'un gamin d'une dizaine d'années est venu me serrer la main. Avec le sérieux d'un père qui reçoit son futur beau-fils. Heureusement, Jeanne a renvoyé le môme à ses corn-flakes dans la cuisine.

– C'est Florent, mon frère. Tu viens ?

Elle m'a fait entrer dans sa chambre. Sa chambre ! Je n'avais jamais osé y penser. Avec son armoire en pin, son papier rose, ses piles de livres et de disques bien rangés, elle lui ressemblait. Mais là, au-dessus de son lit, un inconnu m'attendait : un drôle de garçon chevelu, au visage invisible, penché sur un clavier un peu flou. Une photo de magazine en noir et blanc, maintenue par quatre épingles.

– Qu'est-ce que tu regardes ? Ah oui, c'est la photo de Paul Niemand, le pianiste.

– Je le connais.

J'ai failli ajouter : « puisque c'est moi ».

Jeanne m'a présenté à son père. Elle m'a montré le nom d'Oscar Lefleix qui figurait sur les vinyles. J'ai retenu un sifflement d'admiration. Elle n'avait pas menti, il y avait des merveilles. Là, j'ai commencé à être vraiment jaloux. Au point qu'elle m'a généreusement désigné la pile :

– Je te prête tous ceux que tu veux.
– Pas question.
La musique, on ne peut pas en écouter et en jouer en même temps. Mon concert du 12 avril m'accapare complètement. C'est un objectif obsédant, une sorte de voie unique qui affiche au-dessus de toutes les autres distractions le panneau « sens interdit ».
– Montre-moi plutôt tes bandes magnétiques.
Il y en avait une dizaine. D'apparence presque neuves. Pourvu qu'elles ne soient pas vierges. Et que notre magnétophone puisse les déchiffrer.
Jeanne m'en a confié une et m'a demandé soudain :
– Au fait, ton père, qu'est-ce qu'il fait ?
– De la musique.
Mon père n'aime pas qu'on en sache plus. Et puis Jeanne abordait un terrain glissant.
J'ai eu le courage de fuir. Sur le seuil, Florent m'a jeté, goguenard :
– Salut, Pierre. Et à la prochaine !
Celui-là, c'est un petit malin.

Avant de filer chez Amado pour mon cours, je pris le temps d'installer la bande sur le magnétophone. Nous avons un appareil professionnel, multipistes. Après trente secondes de silence, le son d'un piano s'éleva, au ralenti. Je modifiai la vitesse, cafouillai un peu dans les pistes. Et je trouvai enfin les bons canaux. C'était un morceau contemporain. D'un compositeur inconnu.

J'égrenai vingt noms à la suite : Pierre Boulez, sa *Deuxième Sonate* ! Non. Sa *Troisième* ? Ou ses *Structures pour deux pianos* ? Impossible : il n'y en avait qu'un. Dutilleux ? Luciano Berio ? Jacques Charpentier ?

Impossible d'identifier ce morceau ! Et moi qui croyais bien connaître la musique du XXe siècle…

Brusquement, la sonate eut une envolée qui me prit au cœur et aux tripes. C'était grandiose, un mélange habile de virtuosité et d'harmonie. Quelque chose qui coupait le souffle par sa nouveauté d'invention. Celui qui avait composé cela avait puisé le meilleur de Messiaen, Boulez et Stockhausen. Il y eut une pause soudaine. Et une résonance pendant laquelle j'entendis le pianiste respirer.

Soudain, ma mère a surgi de la chambre en dérapant dans l'entrée. Elle était pâle et décoiffée, comme réveillée en sursaut.

– Maman… Ça va ?

– Oui. Mais… j'aurais juré que tu étais au piano ! J'ai cru que tu composais. Je… J'ai été bouleversée.

Le pianiste inconnu et génial s'était remis à jouer.

– Moi ? L'auteur de ce morceau ? Il ne faut pas rêver.

– C'est de qui, Pierre ? C'est magnifique !

– Justement, je n'en sais rien du tout.

Au bout de dix minutes, la musique s'interrompit. Il y eut un bref toussotement. Le bruit d'un piano qu'on referme, le son de pas sur un sol carrelé, puis le chuintement de la bande vierge. J'ai arrêté le magnétophone et mis le retour rapide.

– C'est Amado ?

– Mais non, maman, je ne sais pas qui c'est… Bon sang, je vais être en retard !

Amado ! Lui, certainement, saurait.

J'ai embrassé ma mère encore toute décontenancée. J'ai pris la bande à peine rembobinée et filé, ravi et envieux.

En arrivant chez mon maître, j'étais excité comme un élève qui va épater son prof.

– J'ai quelque chose à vous faire entendre !

– Ah ! Enfin ! La *Quatorzième Variation Goldberg* ?

– Non. Un blind test musical.

Amado est resté très gamin. Sa distraction favorite, c'est d'entendre, à la radio ou sur un C.D., une seconde de musique peu connue. Une mesure. Une coda. Un accord. Neuf fois sur dix, il identifie aussitôt l'œuvre et le compositeur. Parfois, il reconnaît même l'interprète. Je l'ai tout de même piégé plusieurs fois avec Vivaldi, Telemann ou Haendel.

Dès que j'ai sorti la bande de mon sac, Amado a camouflé son impatience en irritation :

– Je te préviens : si je trouve, tu me joues les *Variations Goldberg* en entier.

– Pari tenu.

Dès les premières notes, il a été intrigué. Réjoui d'être pris au dépourvu.

– Ma… je ne connais pas… Attends ! Non, non… je ne connais pas ?

Il était stupéfait et béat.

– Superbe ! Mais c'est superbe ! Dis-moi, qu'est-ce que c'est ?

– Je comptais sur vous pour me l'apprendre. Vraiment.

– Il faut que tu me laisses ça… Tu as la partition ?

– Non.

– D'où vient cette bande, Pierre ?

– C'est… une copine de Chaptal qui me l'a confiée.

Je lui ai résumé de mon mieux ce que Jeanne m'avait appris.

– Comment dis-tu ? Lefleix ? Attends…

Il est allé cueillir quelques disques sur les rayonnages où s'alignaient les centaines d'albums de sa collection.

– Là. Prise de son : Oscar Lefleix. Mais oui. J'ai même enregistré des disques avec lui autrefois.

– Et vous vous souvenez de lui ?

– Non, bien sûr. Par contre, lui doit me connaître.

Dans l'univers de la musique, tout le monde connaît Amado. Tandis que lui ne reconnaît personne. Chaque année, il voit défiler des milliers de gens : admirateurs, musiciens, critiques… Tous sont persuadés qu'il se souvient d'eux.

– Il est mort il y a des années.

– Et il aurait été compositeur ? Impossible !

– Pourquoi ?

Il a désigné la bande d'un geste déclamatoire.

– Mais enfin, Pierre, ça, c'est l'œuvre d'un musicien. Qui a fait le Conservatoire. Étudié le contrepoint. Digéré l'harmonie classique, flirté avec le sériel avant de trouver un langage original… Pour ça oui ! À mon avis, ce compositeur inconnu n'est pas cet ingénieur du son, mais l'un de ses amis. Et Lefleix l'a enregistré en train de travailler, de composer, tu comprends ?

Je n'avais pas envisagé une seule seconde cette hypothèse.

– Et tu connais sa fille ?

Amado n'est pas seulement pianiste. Il est aussi fin psychologue. Ou bien télépathe. Il m'a désigné du doigt.

– Toi, tu es amoureux !

Je me suis empourpré davantage, j'ai improvisé :

– Oui… Cette musique me plaît beaucoup. Elle…

– Taratata, de quoi parles-tu ? Moi, c'est de cette fille, Jeanne…

– Jeanne Lefleix.

J'étais rouge. Mais cette fois, de colère. Après tout, de quoi se mêlait-il ?

– Attention, Pierre, pour un futur soliste qui doit travailler, l'amour, c'est la pire des choses. Tu vas me mettre cette Jeanne de côté jusqu'au 12 avril. Entendu ?

– Non.

C'était sorti tout seul. Qu'Amado me reproche un mauvais passage de doigts ou quelques fausses notes, soit. Mais il n'était pas mon père, il n'avait pas à diriger ma vie.

J'ai insisté :

– Non, Amado ! Si Paul Niemand existe, si son premier concert a été réussi, c'est justement grâce à cette fille. Je ne peux plus m'en passer.

D'un coup, je lui ai tout raconté : mon exposé sur Schubert à Chaptal, la présence de Jeanne à Pleyel, mon soudain défi, le banc, nos rencontres, ses découvertes et ses confidences.

Ma punition fut pénible, deux heures de *Variations Goldberg*. Mais en me quittant, Amado m'a pris dans ses bras.

– Je suis content. Très content. Tu es un brave garçon.

Je pensai à Jeanne avec tristesse. Elle n'avait plus de père, et moi, j'en avais presque deux. J'aurais pu lui en prêter un.

Mercredi 18 janvier

Je veux bien mourir d'amour, mais pas mourir de froid. Hier, je n'ai pas renouvelé mon exploit : je suis allé me réfugier dans un bistrot.

À seize heures trente-cinq, Jeanne est arrivée près du banc qu'un blizzard recouvrait de givre.

Je la guettais par la vitre. Je lui ai laissé trois secondes de perplexité, histoire de voir ce qui allait l'emporter : l'impatience, l'attente ou la colère. Mais je suis sorti très vite sans prendre le temps de vérifier. Il y a des questions dont on redoute les réponses. Je devinai la sienne et y répondis sans qu'elle ait le temps de la poser :

– C'est du piano. Une œuvre contemporaine.

– De qui ?

– Inconnu au bataillon.

– Et… c'est bien ?

Le verdict lui semblait important. Croyait-elle que l'auteur de ce morceau était son père ? Moi, je n'en doutais plus. Cette bande, je l'avais écoutée plusieurs fois et enregistrée sur C.D. pour que Jeanne en ait une copie.

Mon père avait été très impressionné, tant par la qualité de la musique que par celle de la prise de son. Or l'examen attentif de l'atmosphère sonore nous avait appris plusieurs choses. Le pianiste et l'auteur de l'enregistrement étaient la même personne et celle-ci était seule dans une pièce assez vaste. Pas vraiment un studio, mais un local aux excellentes qualités acoustiques. L'instrument était un piano à queue, d'aussi bonne facture que notre Bösendorfer.

– Oui. C'est remarquable. J'aime beaucoup.

Alors, Jeanne fouilla dans son sac et en sortit trois kilos de partitions. Un vrai numéro d'illusionniste. Mais je vis bien que c'étaient des photocopies. Il me fallut une minute pour déchiffrer quelques mesures et vérifier ce que je soupçonnais depuis le début. Ces notes hâtivement griffonnées sur du papier à musique, notre compositeur inconnu en était l'auteur. Je retrouvais, dans les accords, dans l'usage récurrent des secondes et des sixièmes, la signature du pianiste qui, sur la bande magnétique, s'était lui-même enregistré.

– Où as-tu trouvé ça ?

– Dans les cantines. Quatre coffrets ne contenaient pas de disques, mais ces partitions.

– Et tu es sûre que c'est ton père qui…

– Oui. Ma mère a reconnu l'écriture. De plus, elles sont signées. Chaque partition comporte le nom d'une ville en guise de titre. Une ville dans laquelle mon père s'est rendu, peu de temps avant de composer le morceau correspondant.

– Comment peux-tu le savoir ?

– Grâce à ses disques. Au dos figure le lieu d'enregistrement. Tu verras, les recoupements sont faciles.

Elle semblait très émue. La lèvre inférieure de sa bouche entrouverte tremblait délicatement. Pour l'apaiser, j'ai cherché mes mots les plus beaux.

– Ton père… je crois que c'était un grand compositeur, Jeanne.

Raté, sa lèvre supérieure s'est mise à frémir elle aussi.

– Pierre… Cette musique, j'aimerais l'entendre. Tu me feras une copie de la bande ?

Je l'avais dans ma poche. Si je lui donnais le C.D., ce serait le signal du départ immédiat. Elle me tendait une perche inespérée. Je la saisis. C'est-à-dire que je lui pris la main.

– Viens chez moi. Je vais te faire entendre la bande. Puis t'enregistrer une copie. Et déchiffrer quelques mesures de ces partitions.

Sa main se crispa dans la mienne, son regard se figea, et elle ne fit pas le premier pas. Cette immobilité soudaine, c'était sa manière de réfléchir. De peser le pour et le contre. Seul un argument de poids ferait pencher vers moi la balance.

– Rassure-toi, ma mère est à la maison… Tu as bien un moment ?

Enfin, elle me sourit, me suivit. Elle avait dans sa main droite son sac qui contenait les partitions de son père, et dans sa main gauche ma main, qui ne la lâchait pas.

Je n'ai jamais autant regretté d'habiter si près du lycée, dans une maison aussi laide. Dans ce quartier, à cinq cents mètres alentour, une seule chose vaut le détour : notre piano à queue. Quand Jeanne l'aperçut, elle ne s'y trompa pas, et ses yeux ne le quittèrent plus.

Jusqu'à ce que ma mère, de sa chambre, me demande avec qui j'étais.

– Avec une copine de Chaptal !

Plus bas, j'ajoutai pour Jeanne :

– Viens, il faut lui dire bonjour.

En apercevant Jeanne, ma mère fit presque un effort pour lui sourire. Afin de dégeler l'atmosphère, je l'entraînai vite vers le magnétophone. Dès les premières notes, elle parut attentive à cet inconnu qui s'adressait à elle de l'autre côté du temps. Et complètement indifférente à son entremetteur présent.

– C'est tout ? demanda-t-elle.

– Oui. À mon avis, il s'agit de sa dernière composition. Il ne l'a pas achevée.

Elle voulut la réentendre, une, deux, trois fois. Elle semblait désemparée.

– C'est drôle, cette musique : c'est à la fois… familier et étranger.

Jeanne était là, debout, immobile. Attentive à la voix de son père qu'elle voulait traduire.

Il me fallait la rejoindre. Lui dire : « Jeanne, ton père est mort. Moi, je suis là, vivant. Et je t'aime. » Mais elle ne me voyait pas. Elle était en compagnie d'un rival inaccessible. À quoi bon relever le défi ? D'avance, j'avais perdu. Pourtant, cette voix, j'étais le seul ici à pouvoir la comprendre et la lire. Alors, sans réfléchir, je me mis au piano.

Je déchiffrai à vue les premières mesures de l'une des partitions. C'était comme sauter d'un plongeoir sans connaître la profondeur de l'eau.

Jeanne semblait fascinée, elle vint s'asseoir à mes pieds.

Je me troublai bientôt, butai sur une note, repris et m'arrêtai enfin. Paul Niemand était loin. J'étais redevenu élève. Ou plutôt une sorte d'exécuteur testamentaire, l'interprète d'un créateur dont la taille me dépassait.

– Excuse-moi. C'est toujours difficile, du premier coup. Si tu voulais bien me laisser ces partitions…

– Bien sûr. Tu les montreras à ton père. Tu lui demanderas ce qu'il en pense…

Mon père. Le sien. Délicate, cette présentation.

– Il compose, lui aussi, n'est-ce pas ?

Épouvantable, cette comparaison. Mais puisqu'elle me la suggérait, autant en finir tout de suite.

Je lui fis entendre le dernier enregistrement du grand succès de l'an dernier. Le Dhérault des supermarchés.

Elle l'identifia aussitôt :

– Oh, *Un amour d'été* ! C'est ton père qui a composé la musique ? Quand je dirai ça à Oma…

Elle semblait flattée, elle connaissait le-fils-de-celui-qui-avait-composé-la-musique-d'un-célèbre-feuilleton-de-la-télévision.

Je savais que mon père aurait donné toute sa musique pour la dernière sonate inachevée d'Oscar Lefleix.

Il est bizarre, mon père, mais je le connais bien ; je suis sûr qu'il préférerait être un compositeur génial, inconnu et décédé plutôt qu'un arrangeur de talent, célèbre et encore vivant.

Jeanne me fit les compliments d'usage pour la musique d'*Un amour d'été*, comme si j'en avais été l'auteur. La célébrité, c'est terrible ; ça éclabousse, en mal comme en bien. Voilà pourquoi ce Paul Niemand m'effraie un peu. Il a un gros handicap par rapport à Oscar Lefleix. Il est encore vivant.

Vendredi 20 janvier

Après le départ de Jeanne, j'ai foncé chez Amado avec le paquet de partitions. Dans le métro, je les ai fébrilement feuilletées. À vue de nez, il y avait trente ou quarante sonates. Toutes pour piano seul. Chacune portait le nom d'une ville : *Philadelphie, Berlin, Strasbourg, Enghien*, aussitôt suivi du nom d'Oscar Lefleix et d'une date, sans doute celle de sa composition.

Une ou deux fois dans sa vie, on voit passer un trésor : un tableau de valeur, le manuscrit d'un poète… Moi, je devinais que je tenais en main l'œuvre inédite d'un vrai compositeur. Trois petits kilos de papier qui pesaient plusieurs siècles futurs de célébrité.

Amado a feuilleté longuement les partitions. Puis il s'est installé au piano. Pas longtemps.

– Ma… je n'y arrive pas ! C'est… Il y a une difficulté, là, à la douzième mesure… Pierre, essaie !

J'ai pris sa place.

La sonate s'appelait *Bergerac*. Pas question de respecter le tempo : mieux valait prendre son temps et avoir une bonne vue d'ensemble. Au ralenti. Image par image.

Malgré cela, on devinait que la pièce était colossale. J'entendais Amado commenter :

– Là, là, écoute, Pierre. Ces triolets en arpège avec le staccato inversé à la main gauche… Extraordinaire ! Génial ! Reprends !

Je n'ai même pas entendu le carillon du vestibule. Mais lorsque j'ai arrêté de jouer, Jolibois était assis dans le fauteuil du salon.

Ce type, c'est un multiplicateur d'émotion. Un marseillais du sentiment. Là, son étonnement dépassait en intensité les deux nôtres.

Les superlatifs lui manquaient. Alors, il joua la répétition :

– Fabuleux, c'est vraiment… fa-bu-leux ! Je ne connaissais pas. C'est… comment dire ? Fabuleux ! De qui est-ce ?

– Pas mal, hein ? fit Amado avec un œil plein de malice et l'autre déjà goguenard. Et encore, c'est très mal joué. Pierre le déchiffre à l'instant.

– Ça, c'est une idée géniale, dit Jolibois en se levant.

Il nous dévisagea l'un après l'autre.

– Qui l'a eue ? Vous, Pierre ? Non, c'est toi, Amado !

– Quelle idée ?

– Ce morceau ! Je suppose que c'est la grande œuvre contemporaine du récital de Pierre ? Mais qui en est l'auteur ? Xenakis ? Varèse ?

L'idée géniale, c'est Jolibois qui venait, sans le savoir, de nous la livrer.

– Vas-y, Pierre, me dit Amado. Explique à Jean.

J'expliquai.

Je racontai Jeanne et Lefleix.

– Inespéré… C'est inespéré ! s'exclamait Jolibois au fil de mon récit.

Lorsque j'eus fini, il eut vers les partitions un regard de propriétaire.

– Il faut donner à cet événement tout l'éclat nécessaire. Amado, tu es sûr que toutes ces sonates…

– Oui. Ça me paraît excellent. Bien sûr, il faudrait les entendre. Mais Pierre va s'occuper de ça. N'est-ce pas ?

Jolibois rêvait à voix haute, mais à autre chose.

– Imagine, Amado, dans quelques mois, tu donnes un grand concert de gala. « Découverte d'Oscar Lefleix ! »

Le maître fusilla l'agent artistique du regard :

– Impossible.

Il nous fit signe de nous asseoir. Signe que Jolibois n'aurait pas le dernier mot cette fois.

– Non, Jean. Pour les récitals, j'affiche déjà complet. À moins que tu ne veuilles m'achever.

Il me désigna :

– À nouveau compositeur, nouvel interprète. En l'occurrence, Pierre fera l'affaire. D'autant mieux que ces sonates lui appartiennent un peu… Voilà ce que je propose : le 12 avril, Pierre en jouera une. En bis. Sans prendre de risque. Histoire de mesurer la réaction du public. Si elle est positive, nous pourrons donner suite. Mais c'est toujours Pierre qui sera le soliste.

Jean hésitait. Je traduisis son embarras : que Riccorini joue Lefleix, c'était la victoire assurée et le succès garanti. Parce qu'un grand soliste ne pouvait pas servir de tremplin à un compositeur médiocre. Mais qu'un petit Paul Niemand débutant se fasse le porte-musique d'un inconnu, c'était un double handicap. Si je le surmontais brillamment, quelle publicité ! Deux révélations d'un coup. Si j'échouais… adieu, Paul Niemand ; à une autre fois, Oscar Lefleix. Quel risque, quel pari pour un agent artistique !

Mais Amado ne lui laissait guère le choix. Jolibois se tourna vers moi. Avec un œil de manager.

– D'accord. Ça ira, Pierre ?

La question était superflue. Le choix, moi, je ne l'avais plus.

Dimanche 22 janvier

Hier, je suis retourné répéter chez Amado.

– Ton bis, le voilà, Pierre.

J'ai reconnu la sonate avec laquelle je m'étais battu la semaine précédente.

– *Bergerac* ? Ce n'est sûrement pas la plus simple.

– Non, admit Amado. Mais c'est l'une des plus belles, et la plus courte : dix ou douze minutes.

Je me suis mis au piano. Parfois, en déchiffrant, je m'arrêtais, indécis ; je reprenais un accord qui hésitait entre harmonie et dissonance.

– *Sol* dièse ? Ici ?

– Mais oui ! Curieux, cette chimie, n'est-ce pas ? Les sonorités sont parfois si étranges qu'on dirait un piano préparé[1]. Oui, *sol* dièse, continue !

Arrivé au bout de la sonate, j'ai secoué la tête. Non pas découragé mais perplexe.

– C'est trop beau pour être vrai.

– Que veux-tu dire, Pierre ?

– Ça me paraît invraisemblable. Ce génie aurait composé dans l'ombre ? Et sa fille découvrirait son œuvre aujourd'hui ? Invraisemblable !

– Oh non, pas tant que ça !

1. Piano dont on a préparé les cordes de la table d'harmonie pour en tirer des sons nouveaux.

Amado m'a désigné les piles de partitions, à côté du piano :

– Sans la découverte, à la fin du XIXe siècle, des manuscrits de Vivaldi que Jean-Sébastien Bach avait soigneusement recopiés, l'auteur des *Quatre Saisons* serait tombé dans l'oubli. Ce genre de trouvaille, Pierre, l'histoire de la musique en est pleine !

Amado semblait sûr de lui : Oscar Lefleix était un musicien de génie. Méconnu. Et enfin mis au jour.

Je prêchais le faux pour savoir le vrai. Je me faisais, comme on dit, l'avocat du diable. En fait, j'avais la foi. En Oscar et en Jeanne.

Mercredi 25 janvier

Hier, Jeanne est venue au café. Un moment, j'ai cru qu'elle n'entrerait pas. Elle m'a rejoint dans la petite salle du fond avec des hésitations de chatte. Je lui ai rendu ses partitions. Sans lui dire qu'Amado en avait fait des photocopies. Mais je voulais en avoir le cœur net :

– Jeanne… Il faut que tu m'expliques qui était ton père, exactement. Que tu me donnes des détails.

Elle a hésité, m'a regardé, a lorgné les clients indifférents. Elle aurait sûrement préféré un autre lieu, une autre heure.

Elle m'a dit ce qu'elle savait. Pas grand-chose : son père est né la même année que le mien. Il a travaillé à la Maison de la Radio, beaucoup voyagé. Le studio d'Oma lui servait de pied-à-terre, mais il habitait une grande maison, en Provence. C'est là qu'il a fait construire son auditorium, où ont sans doute été enregistrées les bandes magnétiques.

Elle pleurait à nouveau, sans même s'en rendre compte. Elle répétait le récit que je connaissais déjà. Avec quelques détails nouveaux. Et le même gros chagrin. J'étais aussi impuissant que ses larmes. Aussi dérouté que sa colère.

Des années plus tard, l'événement la bouleversait toujours. Pourtant, le jour de ce drame, elle se trouvait à Paris. Avec une certaine Grete, la nouvelle femme de son père. Oscar Lefleix l'avait rencontrée l'année précédente en Allemagne, où elle vivait. Cette femme, c'était Mme Lefleix, ma prof. J'avais beaucoup de mal à effectuer la jonction. Un prof, c'est quelqu'un de si impersonnel et abstrait.

– Jeanne… Pardonne-moi d'insister. Mais même si tu n'étais pas née, tu dois avoir une idée de ce qu'a fait ton père dans sa jeunesse : ses études, ses amis, son intérêt pour la musique…

– Rien ! Je n'ai rien !

Elle renifla farouchement.

– Ses parents ?

– Ils sont morts peu après sa naissance. Mon père n'avait plus de famille. Et tous les documents ont disparu dans l'incendie ! Tous, tu comprends ?

Sa détresse me faisait mal.

– Je n'ai même pas une seule photo de lui ! Je ne sais absolument pas à quoi il ressemblait ! Il ne me reste que ses partitions et ses disques. Tu comprends pourquoi j'y tiens, Pierre ?

Je comprenais. Mais ce que j'admettais moins, c'était le silence total qui avait suivi la mort de cet homme.

– Tout de même… Mme Lefleix doit bien posséder quelques renseignements !

– Mutti ? Le peu qu'elle sait, elle me le cache ou elle l'oublie. Volontairement. Elle n'a connu mon père qu'un ou deux ans. Le temps qu'ils aient un enfant.

Bien sûr : Florent. Ça se tenait, malheureusement. Une fois remarié, Oscar Lefleix était sûrement resté discret sur sa vie antérieure. Quand les ruines sont douloureuses, on les enfouit plus facilement.

– Ton père composait, quand tu étais petite ?

Le regard de Jeanne s'est fait vague, humide, lointain.

– Oui, je me souviens de l'auditorium. Je me revois assise à ses pieds, sous le grand piano.

Mais après son second mariage, Oscar Lefleix avait dû délaisser son vieux piano à queue pour se consacrer à sa jeune femme.

– Mme Lefleix… Mutti ne savait pas qu'il composait ?

– Il ne lui en avait jamais fait la confidence. Du moins, c'est ce qu'elle me dit. Tu sais, Mutti n'est pas une passionnée de musique. Elle se souvient que mon père s'enfermait parfois dans son auditorium. Après sa mort, tout ce qui restait fut liquidé, donné, vendu.

Elle m'a fixé un certain temps en silence.

– Mon père, Pierre, n'a pas de visage.

J'ai sorti de ma poche la copie sur C.D.

– Désormais, il a une voix.

Mercredi 8 février

Jeanne m'a confié les autres bandes de son père. Sur trois d'entre elles se trouvent d'autres sonates pour piano. Des œuvres inachevées : des thèmes, des ébauches, des esquisses. Des brouillons, en quelque sorte.

Les dernières sont de véritables enregistrements de concerts, du temps où les commentateurs de France Musique déclamaient d'une voix en habit de soirée : « Le concert de ce soir est mis en ondes par Oscar Lefleix. » Il s'agissait surtout de musique contemporaine : György Ligeti, Olivier Messiaen, Luigi Nono, Pierre Schaeffer... En somme, une partie des archives du compositeur. Sa petite bibliothèque sonore de chevet.

Peu à peu, entre la musique qu'il avait enregistrée sur disques, celle qu'il avait conservée sur bandes et celle qu'il avait composée pour piano, je faisais la connaissance d'Oscar Lefleix tout doucement, par l'intérieur.

La musique, ça trompe moins que les mots ou les images. Car les gens ne sont jamais ce qu'ils disent ou ce qu'ils paraissent. La vérité d'un individu, c'est intime. Celle des artistes transpire aisément.

En jouant la sonate *Bergerac*, je compose par procuration, je me réincarne en Oscar Lefleix. D'ailleurs j'ai un point commun avec lui : j'aime Jeanne.

Dimanche 5 mars

Hier, répétition intégrale. Au programme, les sonates du 12 avril. Et le bis d'Oscar Lefleix.

La salle affichait complet. C'est-à-dire que dans le salon Riccorini étaient assis Amado et Jean Jolibois.

À l'issue de ce récital de poche, le verdict de mon agent artistique fut bref :

– Ah, Pierre !... C'est bien.

– C'est même très bien, ajouta Amado à voix basse (ce qui est sa manière à lui de dire les choses très fort).

Ils souriaient, satisfaits, peu loquaces. Jolibois alla déboucher une bouteille de champagne. C'était vendre la peau de l'ours avant de l'avoir tué. Je refusai de trinquer.

– Que veux-tu ? Des compliments ? me lança Amado d'un ton rogue.

– Non... Des conseils. Dites-moi comment m'améliorer !

Il soupira :

– Vieillis, Pierre !

Je ne comprenais pas. D'ordinaire, il trouvait toujours à redire. Il leva sa coupe vers moi.

– Que crois-tu, Pierre ? Je n'ai plus grand-chose à t'enseigner. Tu joues aussi bien que peut le faire un garçon doué de seize ans. Même Schubert, dans lequel tu excelles, tu l'interpréteras beaucoup mieux dans dix ans. Aujourd'hui, il te manque ce que je ne peux pas te donner : un peu de réflexion et beaucoup d'expérience. Les joies et les douleurs du quotidien. Pour composer, ces artistes ont vécu, aimé, souffert. Tout cela transparaît dans leur musique. Il te faut en passer par là pour être en accord avec eux.

– Mais justement, je me sens en accord avec…

– Faux. Tu crois encore que leur musique traduit leur pensée, leurs émotions, n'est-ce pas ?

– Eh bien…

– En réalité, c'est l'auditeur, et en premier lieu l'interprète qui recrée l'œuvre dans son intégralité au moyen de sa propre sensibilité. S'il n'a rien dans le cœur ni dans la tête, la musique sera une belle boîte vide. Chaque morceau est une caisse de résonance, Pierre.

N'oublie pas : ce qui est important, ce n'est pas l'œuvre en soi mais l'écho qu'elle suscite chez celui qui la perçoit. Et l'écho suppose une distance. Celle de l'espace et du temps.

Amado remplit ma coupe, et m'obligea à trinquer.

Je bus à la santé de Jeanne. Et j'eus une pensée pour son père qui, sans le savoir, m'avait livré le moyen de la conquérir.

Mercredi 15 mars

Pour me préparer au concert, Amado m'a imposé trois heures d'exercices quotidiens. Sans parler des deux soirées hebdomadaires chez lui à peaufiner les *Variations Goldberg*. Faire de la musique à ce rythme, ça permet d'éviter les fausses notes, mais ça en entraîne beaucoup de mauvaises, je parle des notes du lycée, bien sûr.

Eh oui, je suis en chute libre, sauf en allemand et en musique, mais je crains qu'il y ait autre chose que ces deux matières au bac, dans deux ans.

La semaine dernière, Amado était content de moi. Au moment où je m'apprêtais à partir, il m'a glissé un petit paquet dans les mains. Avec l'air de quelqu'un qui se défait d'un objet inutile.

– Qu'est-ce que c'est ?

– Un cadeau.

Amado n'aime pas les salamalecs. Donner, ça l'embarrasse.

J'ai reconnu le coffret, il me l'avait déjà offert l'an dernier : son intégrale de la musique pour piano de Schubert. J'ai cru qu'il ne s'en souvenait pas. C'est distrait, les artistes. Or Amado est plus qu'attentif, il est attentionné. Il a précisé :

– Un cadeau pour ta petite amie. Je sais bien que tu possèdes tous mes C.D. !

L'expression « petite amie » n'était pas celle qui convenait à Jeanne. Mais j'étais sûr que le cadeau lui conviendrait tout à fait.

Jeudi 23 mars

Amado a eu le nez fin. Hier, Jeanne m'a invité. Bien sûr, en guise de bouquet, je lui ai apporté le coffret. La musique de Schubert, malgré ses deux cents ans, elle n'est pas près de faner.

Jeanne a semblé très émue. Pour m'embarrasser, elle m'a embrassé, gentiment, sur les deux joues. Merci Schubert, merci Amado.

Elle a absolument tenu à me faire écouter l'une des sonates inachevées de son père que je lui avais enregistrée.

Afin de connaître mon opinion.

Pour moi, l'audition et l'opinion, voilà bien longtemps qu'elles étaient faites ! Mais Jeanne ne connaît pas la musique contemporaine qui la déroute. À ses oreilles, c'est abstrait et énigmatique.

J'ai essayé de lui expliquer que la musique, c'est comme les gens : pour qu'ils nous paraissent aimables et familiers, il faut vivre sans cesse à leurs côtés, tandis qu'ils évoluent et changent. Aujourd'hui, la musique de son père lui montrait un visage étranger. Comment combler ce fossé ?

– Et puis j'aimerais que tu m'aides à classer les partitions de mon père.

Souvent, ce travail est un labeur d'entomologiste. Avec Bach, quelle jungle ! Les explorateurs de son œuvre ont dû s'armer de patience pour se frayer le bon chemin chronologique parmi toutes ses partitions dispersées.

Avec Oscar Lefleix, ce fut bouclé en un quart d'heure, la plupart de ses pièces comportaient une date et un titre. Le classement fut aisé.

– Là, Pierre, regarde : *Dordrecht* n'est pas daté.

– Dordrecht, ton père y a sûrement été. Tiens, voilà la partition qui y correspond : il te suffit de vérifier sur tes disques en quelle année il s'est rendu dans cette ville.

– Et ce morceau ?

– Eh bien ce sera à toi de lui adjoindre un titre. En fonction des villes dans lesquelles, cette année-là, il aura enregistré.

Jeanne reconstituait un puzzle.

Trente-sept pièces.

Plus trois sur bandes, inachevées, que j'avais retranscrites sur papier. Et que j'étais en train de terminer. Mais ça, c'était mon secret.

Au lieu du terme d'opus, j'ai préféré celui de « Jeanne ». J'ai inscrit trente-sept fois son nom suivi d'un numéro, au crayon. Jeanne s'en est étonnée et a rougi.

– Mais pourquoi ne pas utiliser le terme d'opus, tout simplement ?

– C'est l'usage. Celui qui redécouvre et classe toute une œuvre joint souvent son nom aux numéros.

Soudain, elle m'a tendu une partition.

– Pierre, pourrais-tu essayer de travailler chez toi l'une de ses sonates ?

C'était justement ce que je faisais. Je ne pouvais quand même pas le lui dire !

Elle a mal traduit ma perplexité et a cru que je redoutais l'obstacle.

– L'œuvre de mon père est muette ! Si personne ne l'interprète, comment la faire connaître ?

– Comme un livre ! En la publiant.

Jeanne m'a extorqué l'adresse de Durand. J'ai tenté de la dissuader d'y aller.

– Je doute que tu réussisses, Jeanne. Pour éditer de la musique, il faut d'abord qu'elle soit jouée. Et pour jouer de la musique, il faut acheter la partition éditée.

Jeanne m'a répondu que c'était aussi absurde que l'histoire de l'œuf et de la poule. Aujourd'hui encore, on ne sait toujours pas qui était là en premier. Ce qui n'empêche ni les poules ni la musique d'exister.

Mercredi 29 mars

Ça devait arriver !

Hier, Jeanne m'a parlé du concert du 12 avril. Elle est tombée sur l'annonce pleine page dans le dernier *Télérama*.

– Tu as vu ? Paul Niemand ! Pas question que je rate ce concert, Pierre ! Et j'ai pensé…

Je la sentais venir. J'aurais pu parier ce qu'elle allait ajouter, et ça n'a pas raté :

– … que nous pourrions y aller ensemble.

Si Corneille avait manqué d'imagination, j'aurais pu lui fournir un sujet. Si j'acceptais la proposition de Jeanne, elle découvrait le pot aux roses ; si je refusais, c'était comme détourner la tête pour éviter le baiser qu'elle m'offrait. J'étais comme Rodrigue, écartelé entre son père et Chimène. Des deux côtés, mes maux étaient infinis et mon mal impuissant. Ou plutôt mon mal infini et mes mots impuissants… C'est drôle que le mot maux soit le pluriel du mal.

Pas facile. Alors j'ai joué les innocents :

– Le 12 avril, mais euh… nous sommes en vacances, non ?

– Oui pourquoi ? Tu quittes Paris ?

J'ai répondu par un soupir faussement navré. Je m'exprime déjà si mal que mes phrases font boiter la vérité. Alors un mensonge l'aurait fait basculer. Mais mon silence sous-entendait que je préférais aller passer quinze jours ailleurs plutôt qu'une soirée avec elle. Elle ne me le pardonnera sûrement pas. En tout cas, moi, à sa place, je m'en voudrais encore.

Dimanche 9 avril

Grand briefing chez Amado, hier. Pour le concert du 12 ? Non, pas le moins du monde. Celui-là, c'est du presque passé. Du moins, en théorie, puisqu'il ne me reste plus qu'à l'assurer. Le sujet, c'étaient d'autres récitals futurs pour lesquels Jolibois avait réservé sa réponse :

– Le 3 juin à Toulouse, dans la fameuse Halle aux grains et le 24 juin à Pleyel pour le concert de clôture. Ensuite, ce seront les festivals d'été. J'ai beaucoup de demandes. Il faudrait…

Il faudrait déjà que ma prestation du 12 soit réussie. Sinon Jolibois se retrouverait dans le rôle de Perrette avec un pot cassé. Mais ni

Amado ni Jean ne semblaient s'en soucier. J'avais à peine décroché le permis qu'ils établissaient mon itinéraire de fin d'année.

– Pour Toulouse, dit Amado, tu n'échapperas pas à Beethoven, sa sonate *L'Aurore*, opus 53. Ni à Liszt avec la *Sonate en si mineur*. Tu les maîtrises bien.

Deux monuments gigantesques. Près d'une heure au total. Et quoi d'autre ?

– Pourquoi pas les *Tableaux d'une exposition*, pour finir ? suggéra Jolibois.

– Trop classique et trop long. Non. Du contemporain ! Il faut que ce soit la spécialité de Niemand, sa signature… Il faut surtout que le dernier morceau du récital conditionne le public pour le bis, qui sera évidemment du Lefleix : la sonate *Jeanne 40*.

Cette sonate, je l'avais achevée avec l'appui et les conseils d'Amado. Avant ce bis inédit, que me mijotait mon maître ? Je m'attendais au pire. Alors je l'ai devancé :

– Le *Klavierstück XI* de Stockhausen.

– Bien vu, Pierre ! Cette œuvre offre une sorte de continuité aux *Variations Goldberg*, que tu auras jouées en avril.

– Oui, renchérit Jolibois. Et juste avant la sonate d'Oscar Lefleix, elle marque une véritable charnière. C'est le glas du sériel et la porte ouverte à l'aléatoire. Et pour le concert du 24 juin à Paris ?

Je n'hésitai pas une seconde :

– Oscar Lefleix.

– Bien sûr, dit Jean Jolibois. Mais encore ?

– Encore Oscar Lefleix. Oui, rien qu'Oscar Lefleix !

Là-dessus, je ne céderais pas. Têtu, j'ai expliqué :

– De deux choses l'une, monsieur Jolibois. Soit j'assure le 12 avril et je transforme l'essai le 3 juin. Soit je sombre doucement dans le ridicule ou l'oubli.

– Ne nous faites pas peur, dit Jean sans plus sourire. Il faut que vous assuriez, Pierre !

– Et tu transformeras, ajouta Amado. J'en mets ma main à couper.

Il ne dit pas quelle main mais qu'importe. Un pianiste manchot, ça n'est plus bon à grand-chose, sinon à jouer les *Concertos pour la main gauche* de Ravel et de Prokofiev. J'ajoutai :

– Et le 24 juin, je révèle au public les sonates d'Oscar Lefleix et le visage de Paul Niemand.

Amusé, Amado approuvait sans rien dire. Jean Jolibois m'écoutait avec une attention aiguë. Mes arguments semblaient avoir un poids inattendu.

– Banco, j'achète ! murmura-t-il en me prenant aux épaules. Va jusqu'au bout, mon petit. J'ignore ce qui te pousse…

– Elle s'appelle Jeanne, dit Amado très sérieusement.

Jeudi 13 avril

Un récital, c'est aussi absorbant, aussi rapide qu'une course à pied. Le coureur n'a pas le temps de juger. Pas question qu'il se retourne, qu'il réfléchisse, ni qu'il se demande comment et où il va poser les pieds.

Dans ce genre de spectacle, la meilleure place est sur les gradins. Moi, hélas, j'étais seul en première ligne.

Jeanne, je le savais, était là, inaccessible, aux derniers fauteuils d'orchestre. Inutile d'essayer de la voir. Je n'aperçus même pas mes parents, au premier rang.

Je compris ma victoire aux premiers applaudissements après les *Variations*

Goldberg qui m'avaient occupé trois quarts d'heure. Occupé ? Oui, je n'y étais pour personne, sauf pour Bach, évidemment.

Quand on joue certains morceaux, le public disparaît. C'est une sorte de dialogue entre interprète et créateur. Avec Bach, il arrive que Dieu s'interpose. L'interprète, d'ailleurs, en a bien besoin. Dieu, je n'y crois pas. Mais hier, j'ai fait une petite exception de deux heures. Et Il m'a montré qu'Il n'était pas trop rancunier.

– C'était divin ! me confirma Jolibois à l'entracte.

Il avait évité l'usage de la deuxième personne. « C'était » ne signifiait pas du tout « tu as été ». « C'était », cela prouvait que je n'y étais pour rien. Le génie se résume peut-être à peu de chose : énormément de travail, et puis, par hasard, la Grâce… le croisement miraculeux de la chance et du talent.

– Tu as vu comment Amado t'a applaudi ?

Des coulisses où nous étions, Jolibois me désigna mon maître qui quittait son fauteuil pour l'entracte. Le public l'avait reconnu et avait servi d'amplificateur à son enthousiasme. Si Amado avait boudé ses applaudissements, mon échec était garanti.

Le concert reprit.

Avec Schubert, je n'eus aucun mérite : c'était gagné d'avance. La tension revint avec Prokofiev. Mais cette tension me servit pour interpréter sa *Quatrième Sonate*. Ce morceau, c'est un paquet de nerfs, une construction complexe ; une sorte de jouet mécanique qu'on remonte avec un ressort. Et je me suis pris au jeu, porté par l'attention serrée qui s'était nouée dans la salle.

Elle me fit une véritable ovation.

Quand je retournai en coulisses après plusieurs rappels, Jean me dit tout à coup, plus angoissé que moi :

– Écoute, ils te réclament.

C'était vrai, on criait mon nom. Ou plutôt celui de Niemand.

– Cette fois, tu joues ton bis. Allez, va, mon petit !

J'entrai en scène pour me remettre aussi sec au piano. Qui, parmi le public, aurait pu se douter qu'à mes yeux, le concert commençait maintenant ? Seul, peut-être, Amado.

Bergerac étonna. Dérouta. Pour un bis, le public attend une pièce connue, un clin d'œil, un signe. Et je lui offrais une énigme. Un point d'interrogation biscornu.

Mais les spectateurs répondirent par des exclamations enthousiastes, ils plébiscitèrent sans réserve cette œuvre en forme de question. Je rejoignis au plus vite Jolibois en coulisses. Il semblait nager dans le bonheur. Je hurlai pour couvrir les ovations de la salle :

– Ils aiment ? Ils applaudissent sans savoir ce que c'est ?

– Mais oui, Pierre, tu as été excellent pendant près de deux heures. À présent, ils te font confiance !

Au fond, c'est très injuste ; si j'avais assuré un concert exécrable, la sonate *Bergerac* serait tombée dans l'oubli.

J'ôtai ma perruque trempée. Le régisseur surgit :

– Que fait-on, pour les journalistes ?

– Paul Niemand ne reçoit personne ! cria Jean Jolibois. Attendez, je vais leur expliquer moi-même.

Il s'éclipsa. Je jetai un coup d'œil dans la salle. Impossible d'apercevoir Jeanne. Par contre, Riccorini était littéralement assailli. Faute de pouvoir interviewer l'élève, on essayait d'obtenir les confidences de son maître.

Dimanche 23 avril

Malgré les vacances de Pâques, Amado ne m'a fait grâce d'aucune heure de cours. La première fois que je suis revenu le voir après le concert du 12, il m'a désigné le fauteuil :

– Assieds-toi. Lis.

Il m'a tendu un cahier sur lequel il avait collé des articles. Tous concernaient Paul Niemand. Tous étaient dithyrambiques.

– Eh bien ? Qu'en dis-tu ?

Amado buvait du petit-lait, se frottait les mains, gloussait de plaisir comme s'il avait été l'auteur d'une bonne farce. J'ai lu et relu ces critiques comme si elles concernaient quelqu'un d'autre : *Paul Niemand, un talent qui se confirme… De Bach à Prokofiev : une interprétation époustouflante !*

– Quant à la sonate de Lefleix… tu as lu ?

– Oui, la plupart des critiques pensent que j'en suis l'auteur. Même Raoul Duchêne.

– *Une œuvre originale et forte.* Duchêne prend parti ! En aveugle. C'est courageux de sa part. Mais il a le jugement sûr ! Bien, il faut continuer sur ta lancée, Pierre. Allez, pas de temps à perdre. J'attends *L'Aurore* !

Je suis passé du fauteuil au tabouret et de Niemand-Lefleix à Beethoven. Deux siècles en trois mètres. Un abîme. Mais les pianistes sont les alpinistes de la musique.

Mercredi 3 mai

Dans un mois, c'est le concert de Toulouse. Je suis dans Beethoven et dans Liszt jusqu'au cou. En un sens, Stockhausen m'effraie moins : son *Klavierstück XI* est encore peu joué. C'est l'avantage des œuvres nouvelles, on ne peut guère comparer les interprétations.

– Et Oscar ? Tu y penses ?

Depuis Pâques, c'est la litanie d'Amado. À ses yeux, le concert du 3 juin n'est qu'une formalité. Il a presque raison, car dès qu'il sera passé, il ne me restera que trois petites semaines pour préparer les sept sonates du grand concert Lefleix.

Hier, j'ai vu Jeanne sur notre banc. Elle me boude un peu, je le sens. Elle ne me pardonne pas mon absence du 12 avril. Elle ne comprend pas que je disparaisse ainsi de la circulation et elle me rebat les oreilles avec Paul Niemand.

Ce jeu de cache-cache est pervers : je perfectionne Niemand au détriment de Pierre. Plus elle admire l'un, plus elle méprise l'autre. Je me demande qui elle choisira quand elle comprendra qu'ils ne font qu'un.

Mardi 9 mai

Hier, Amado m'a donné deux billets pour un concert à la Maison de la Radio.

– C'est mon ami Raphaël Frubeck de Burgos qui dirige. Principalement *Le Sacre* de Stravinsky.

Le Sacre du Printemps ! Un des monuments du XXe siècle.

– Merci, Amado. Mais vous ?

– Moi ? Je serai sur scène. Oh, pour une petite demi-heure : le *Deuxième Concerto* de Saint-Saëns. La routine. Je te donne rarement des places, tu dois travailler. Mais là... je pense que tu peux t'offrir cette récréation. Au moins, tu en as l'usage ? Tu sais qui en faire profiter ?

Très perspicace, Amado. Car ces invitations tombent à pic pour tenter un rapprochement avec Jeanne. J'espère qu'il est encore temps.

Le soir, à table, j'ai lancé évasivement :

– Ah ! Amado m'a donné des places pour un concert, samedi prochain…

– Formidable ! s'est exclamé mon père. Tu iras avec maman ?

Dur. D'autant que ma mère n'a pas démenti.

– Eh bien… Je pensais plutôt y aller avec quelqu'un de Chaptal.

– Excellente idée ! a jeté ma mère sans me regarder. On donne *Le Sacre*, n'est-ce pas ? Le concert sera retransmis sur France Musique. C'est bien que tu prennes un peu l'air sans moi. Ici, je suis assez sur ton dos comme ça.

– Ah bon… alors vous êtes d'accord ?

Mon père semblait satisfait. Il est particulièrement conciliant et maladroit, mon père. Il adore faire plaisir à tout le monde. C'est d'ailleurs comme ça qu'il s'est attiré beaucoup d'ennemis.

– Et avec qui iras-tu ?

Ma mère faisait semblant de vouloir meubler la conversation.

– Avec une copine.

J'étais sûrement écarlate. Je me serais donné des gifles mais ça n'aurait rien amélioré.

– Ah ! a dit ma mère en reprenant du fromage. Avec Jeanne ?

Je suis resté interloqué. Comment avait-elle deviné ? Mon père a cru me venir en aide :

– Jeanne Lefleix ? La fille de ce fameux Oscar dont tu nous rebats les oreilles ? Il faudra que tu nous la présentes.

J'ai plongé le nez dans mon assiette, décidé à rester silencieux puisque j'avais gagné ma soirée.

– Un grand bonhomme, cet Oscar Lefleix. Quand je pense que je l'ai sans doute connu…

– Comment ? Qu'est-ce que tu dis ?

Mon père a désigné le meuble où sont rangés nos disques.

– Mais voyons, Pierre, c'est évident ! Moi aussi, j'ai travaillé à la Maison de la Radio quand j'étais jeune. J'ai fréquenté l'I.R.C.A.M., j'ai connu Pierre Schaeffer. Et j'ai sûrement côtoyé le père de ton amie.

– Pourquoi ne la ferais-tu pas venir mercredi après-midi ? a enchaîné ma mère. Tu pourrais même être là, Jean-Louis, n'est-ce pas ?

– Ah, quelle excellente idée !

Cette improvisation subtile sentait le coup monté. Mais j'étais pris au piège.

– Tu peux lui demander ? Tu la vois quand, Jeanne ?

– Demain.

Oui, ça tombait trop bien.

Jeanne était au rendez-vous.

Je ne voulais pas la bousculer en lui lançant deux invitations d'un coup. J'ai avancé sur la pointe des pieds l'éventualité que le lendemain après-midi…

D'abord, elle a souri.

J'ai ajouté aussitôt :

– Mes parents seront là. Mais ça ne nous empêchera pas d'écouter de la musique.

– Pourquoi pas ? Si je ne t'appelle pas ce soir pour décommander…

Il est onze heures du soir. Le téléphone est resté muet.

Jeudi 11 mai

Quand Jeanne est arrivée, je l'ai à peine reconnue. Un vrai look de star !

C'est mon père qui lui a ouvert :

– Mademoiselle Lefleix ? Je suis vraiment très content de vous connaître. Mais entrez…

Il l'embarrassait à force d'amabilités. L'accumulation des politesses, ça finit par coincer les gestes. Nous avons commencé à danser un drôle de ballet entre la table basse et le piano. Finalement, tout le monde s'est décidé à s'asseoir. Je me suis éclipsé dans la cuisine. Histoire de faire le thé, le guet et de m'occuper des petits gâteaux.

Quand je suis revenu, mon père animait la conversation en évoquant la Maison de la Radio. D'abord, Jeanne a bien joué son rôle d'invitée attentive. Mais au bout d'un quart d'heure, elle a oublié son texte de muette et bombardé mon père de questions :

– Vous auriez connu mon père ? Vraiment ?

– C'est probable. Mais je ne me souviens pas de lui. Nous aurions tous les deux le même âge aujourd'hui.

– Nous avons beaucoup de disques enregistrés par votre papa, a ajouté ma mère.

Elle a pivoté aussi sec vers l'entrée et annoncé sur un ton définitif :

– Eh bien maintenant, nous vous laissons.

La fuite de mes parents ne m'a guère étonné, elle faisait sûrement partie de leur programme. Une minute plus tard, Jeanne et moi nous sommes retrouvés seuls dans le grand salon avec une table à débarrasser, une petite vaisselle à faire, et trois heures à passer ensemble. Une parenthèse de liberté dont je voulais savourer tous les instants.

Aussi, pas question d'improviser ; la veille, j'avais longuement répété la scène, installé les décors et composé l'ambiance sonore.

– Assieds-toi, Jeanne. Et écoute.

Écouter de la musique est un plaisir. Pourtant, j'en connais un encore plus intense : la partager avec quelqu'un qu'on aime.

Aux premiers accents de la *Troisième Symphonie* de Mahler, j'ai compris que j'avais bien visé.

– Qu'est-ce que tu en penses ?

– C'est extraordinaire. Mais la qualité de ta chaîne y est sûrement pour beaucoup.

Je ne lui ai pas laissé entendre le second mouvement.

– Jeanne, est-ce que tu imagines ce que peut être un concert symphonique ? Avec une centaine d'instrumentistes, et non plus un piano ou deux malheureuses enceintes ?

Elle a approuvé, intriguée, sur la défensive. J'ai porté l'estocade :

– Écoute, j'ai deux places pour un concert, samedi prochain. Est-ce que tu accepterais de venir avec moi ?

Pour bien assurer mon coup, j'ai précisé, par précaution :

– C'est à la Maison de la Radio.

Jeanne ne disait rien. Elle me regardait trop gentiment, je crois que ce n'était pas vraiment moi qu'elle voyait. Elle était ailleurs, comme souvent, là où je désespérais pouvoir un jour la rejoindre.

J'ai dû balbutier :

– Tu sais, je suis désolé pour le concert raté du 12 avril. J'aimerais tellement rattraper le coup !

– Merci, Pierre, c'est très gentil.

Elle m'a saisi la main, s'est approchée de moi, et là, j'ai vraiment failli l'embrasser comme au cinéma. Mais j'ai fait arrêt sur image juste à temps, parce que j'avais bien trop peur qu'elle censure la scène et que le film s'interrompe sur un clap de fin.

J'ai préféré jouer les prolongations en remettant un nouveau disque sur la platine. C'était la contralto Kathleen Ferrier. J'en suis très amoureux. L'ennui, c'est qu'elle est née en 1912, et morte à l'âge de quarante ans.

Jeanne a fait semblant de dormir, mais c'était pour mieux écouter. Alors, pour prolonger son rêve et la musique qui s'éteignait, je me suis mis au piano. J'ai commencé à jouer l'avant-dernière sonate de son père, *Jeanne 39, Castillon* ; et j'ai levé les mains là où l'enregistrement s'arrêtait. Jeanne s'est réveillée aussitôt. Avec des yeux stupéfaits.

– Toi ! C'était toi qui jouais, Pierre ?

– Oui.

– Mais comment as-tu réussi…

– Oh, ça n'a pas été difficile : j'ai écouté la bande de ton père dont j'avais fait une copie. Et j'ai peu à peu retranscrit la musique. Si tu veux la partition, prends-la.

Elle semblait très émue. Elle passait les doigts sur les notes manuscrites comme un aveugle essaie de saisir les mots. Puis elle s'est échappée vers la porte.

– Pierre, il faut que je parte. Mais je voulais te dire…

Elle était déjà sur le seuil, hésitante comme un funambule. Moi, j'aurais bien voulu qu'elle tombe, j'étais prêt à la recueillir. Soudain, elle a posé ses lèvres sur les miennes.

Le temps que je comprenne que je n'avais pas rêvé, elle avait disparu dans l'ombre de l'escalier.

Dimanche 14 mai

La veille du concert, j'ai appelé Jeanne au téléphone : il fallait que nous nous mettions d'accord sur une heure et un lieu de rendez-vous. Évidemment, c'est Mme Lefleix qui a décroché. En reconnaissant sa voix, j'ai ressenti le choc qu'a l'élève quand son prof l'appelle au tableau.

– Bonjour madame. C'est Pierre… Pierre Dhérault. Un ami de Jeanne.

Mauvais début. Pierre Dhérault, c'est le nom d'un de ses élèves, rien de plus. Je lui tendais une perche, en espérant que Jeanne finirait par arriver au bout. Mais il n'y a rien de pire qu'un prof quand il refuse de comprendre.

– Ah, Pierre ! Vous allez bien ? Que se passe-t-il ? Rien de grave ?

Elle faisait semblant de croire que je téléphonais pour un problème de version. Puisqu'elle voulait tout savoir, je me suis jeté à l'eau :

– Oh non ! Je… j'appelle au sujet du concert de demain soir. Jeanne vous a sans doute mise au courant ?

– Le concert ? Mais non. De quoi s'agit-il ?

Si je dois faire un jour une demande en mariage, je ne serai pas plus coincé que je l'étais au bout du fil ce soir-là. J'ai bafouillé quelques explications qu'elle a dû démêler sans peine. Un prof, ça a l'habitude de déchiffrer les brouillons.

– C'est très gentil, Pierre. Quelle bonne idée! Mais oui, bien sûr, je suis d'accord.

Là, j'ai eu une angoisse... J'ai cru qu'elle s'imaginait que je l'invitais. Je n'ai vraiment respiré que lorsqu'elle m'a enfin passé Jeanne. C'était d'ailleurs inutile, Mme Lefleix avait tout réglé pour elle.

Hier soir, en sonnant à la porte de leur appartement, j'ai un moment redouté que Mme Lefleix nous accompagne. Mais Jeanne m'a ouvert. Elle avait au moins trois centimètres et deux ans de plus que d'habitude. Durant tout le trajet, je suis resté crispé. Comme si j'étais trop serré dans mes vêtements.

J'ai commencé à me détendre en arrivant à la Maison de la Radio.

Jeanne, pour me faire plaisir, jouait les novices éblouies.

Au programme figurait d'abord *Escales* de Jacques Ibert. J'expliquai à Jeanne que le compositeur, comme son père, avait donné le nom d'une ville à chacune de ses pièces pour orchestre : *Rome, Palerme, Tunis, Nefta, Valence.*

Jeanne resta bouche bée. C'était un plaisir de la voir. Elle applaudit comme une enfant et, désignant le pianiste qui venait d'entrer sur scène, me dit :

– Attends… Il me semble l'avoir déjà vu…

– Oui. Sur une affiche. C'est Amado Riccorini.

Il fut excellent, comme à son habitude. Et moi, épouvanté. Pour parvenir à cette maîtrise, à cette virtuosité, j'avais encore du chemin à parcourir. Un bon pianiste, c'est cela : quelqu'un qui joue avec cette facilité apparente. Qui, comme l'a dit Chopin, « dans un dernier effort, efface jusqu'à la trace de l'effort ».

À la fin du *Concerto* de Saint-Saëns, Amado vint saluer le public.

Soudain, il leva les yeux jusqu'au premier rang du balcon. En direction des places que Jeanne et moi occupions, et qui étaient les meilleures de la salle.

Je vis qu'il m'avait reconnu, il m'adressa même un signe. Oui, un signe particulier, qui mêlait la main et les yeux : « C'est parfait, tu es là, avec elle, et elle ne sait pas qui tu es, mais moi… ah moi, je sais bien qui vous êtes ! »

Ce fut aussi rapide qu'une triple croche. Mais on ne trompe pas un musicien.

Je meublai les vingt minutes d'entracte en remplaçant les notes par des mots. C'était inutile, Jeanne ne m'écoutait pas. Le scandale de la première du *Sacre* lui était indifférent. Elle me prit la main pour me faire taire et me dire :

– C'est une soirée extraordinaire, Pierre.

Les yeux mi-clos, elle semblait déguster l'instant. C'était pourtant, au centre du concert, un silence : l'œil du cyclone. Ou plutôt un moment de bienheureux brouhaha, celui du public impatient qui regagne les places en bavardant et des musiciens en coulisses qui accordent leurs instruments.

Puis, pendant trente-cinq minutes, le Sacre explosa sur scène. Mais le printemps était dans la salle, niché entre nos deux sièges, dans nos mains intensément soudées.

Enfin le printemps fut dans la nuit qui nous enveloppa au retour et qui murmurait les mots d'amour que nous n'osions pas nous dire. Le printemps était dans mon cœur qui battait à côté du sien quand il fallut se quitter, et quand nous nous sommes embrassés.

Amado avait peut-être raison, je n'avais rien écouté, je n'avais plus envie de jouer. J'étais plongé tout entier dans le bonheur de cette soirée que je ne sais plus prolonger qu'avec le secours des mots.

Mercredi 17 mai

Hier, Jeanne était sur le banc avant moi. Et j'avais promis à Amado d'arriver chez lui un peu en avance. Nous nous sommes vus dix petites minutes. Quand nous nous sommes quittés, c'était comme le début d'un poème soudain déchiré.

Au moment où nous aurions besoin de passer ensemble des journées entières, son prochain brevet et mon prochain concert nous réduisent le temps au compte-gouttes.

Jeudi 1er juin

Le printemps, ça ne dure qu'un moment. Et j'avais oublié les orages. Entre Jeanne et moi, ça a éclaté avant-hier soir. Un malentendu inattendu : un intrus qui a surgi entre nous, sur le banc. Toujours le même…

– Pierre, c'est très sérieux. Cette fois, j'ai besoin de toi. Vraiment.

J'étais prêt. Pour Jeanne, j'aurais été au bout du monde. Mais cette fois, c'était plus loin que je ne l'imaginais.

– Il faut que tu m'accompagnes. Je dois aller à un concert.

Je crois que j'ai compris aussitôt. Des concerts, il y en a en France plusieurs dizaines tous les jours. J'avais une malchance sur mille. Et bien sûr, elle est tombée pile :

– Samedi prochain. Le 3 juin. À Toulouse.

J'ai failli tout lui avouer. C'était peut-être le moment. J'ai hésité pendant la seconde qu'il fallait. Non, impossible, c'était trop précipité. Jeanne venait bousculer mes plans ; le bon moment, ce serait le 24 juin. Comme Amado, Jean et moi l'avions déjà décidé. Parce que, ce jour-là, on prendrait Paul Niemand au sérieux. Et qu'il révélerait d'un coup l'œuvre d'Oscar Lefleix.

– Tu hésites ? Tu ne peux pas ?

Non. Je ne pouvais pas aller à Toulouse assister au concert de la Halle aux grains. Je ne pouvais pas être à la fois avec Jeanne dans la salle et au piano sur la scène.

– Bon sang, Jeanne… mais qu'est-ce que tu veux aller faire à Toulouse ?

La réponse, je la connaissais :

– Paul Niemand donne un concert là-bas.

C'était bien cela. Paul Niemand. C'était lui que Jeanne aimait. Lui qu'elle admirait. Adulait. Une image de magazine ! Elle serait sans doute très déçue quand elle connaîtrait l'identité du modèle. En attendant, Niemand me faisait de l'ombre. Il me volait la vedette et l'amour de celle que j'aimais. Pour refuser ce voyage, les prétextes étaient innombrables. J'avais l'embarras du choix. J'ai commencé par le plus gros morceau :

– Écoute, Jeanne, imagine la réaction de ta mère si je lui disais…

– Ah, ma mère !

– Jeanne, tu as quinze ans. J'en ai seize. Et Toulouse est à mille kilomètres.

Ces chiffres, je ne savais pas s'il fallait les multiplier ou les diviser. Mais quelle que soit la façon de les assembler, ils aboutissaient à un résultat absurde : c'était une opération impossible à effectuer.

– Sois raisonnable…

Raisonner, c'est la dernière chose qu'on peut demander à quelqu'un qui veut commettre une folie. Et Jeanne était folle. Folle de Paul Niemand. Elle a étouffé un sanglot et elle est partie. Sans un regard, sans même un au revoir.

Dimanche 4 juin

Amado n'a pas pu m'accompagner à Toulouse. Il m'a seulement dit en riant, au téléphone :

– À présent, tu es grand, mon petit ! Et puis tu ne me vois quand même pas sur scène, à côté de toi, tournant les pages de ta partition ?

Le 2 juin au soir, Jean Jolibois est passé me prendre à la maison. Nous sommes partis tous les deux en avion.

Mon agent artistique, puisque c'est désormais ainsi qu'il faut que je l'appelle, en a profité pour établir avec moi le programme de l'été : concert à La Chaise-Dieu, à Entrecasteaux, à Sarlat, Domme et Monpazier pour le festival du Périgord noir. Un vrai Tour de France pour futur champion-pianiste.

– Et si mon concert de demain faisait un four ?

– Ah, Pierre, ne parle pas de malheur !

Jean cherchait désespérément dans l'avion quelque chose en joli bois pour conjurer le mauvais sort.

– Le directeur d'Erato sera dans la salle. La semaine prochaine, tu signes un contrat avec lui ! Ce n'est pas le moment de faiblir.

Samedi après-midi, en répétant sur scène devant une salle encore vide, j'ai réussi à chasser Jeanne de ma mémoire au profit de Beethoven, Liszt et Stockhausen. Mais

Lefleix est vite revenu à la charge lorsque j'ai répété mon bis, la sonate *Jeanne 40*.

Le soir, je n'en menais pas large. Mon père était en enregistrement à Londres, ma mère restée dans notre appartement, Amado à Paris et Jeanne en pénitence.

Seul Jean, en coulisses, pouvait me réconforter face à la grande rumeur qui emplissait la Halle aux grains. J'étais un pianiste immigré confronté à des spectateurs en terrain conquis.

Après *L'Aurore* de Beethoven, le public fut simplement poli. Il commença à tiédir à la fin de la *Sonate en si mineur* de Liszt.

À l'entracte, découragé, j'ai enlevé ma perruque. J'étais déjà sonné comme un boxeur à la fin d'un combat.

– Jean, qu'en dites-vous ? Est-ce que je continue ?

Il se fâcha :

– Tu veux rire ? Tu as été parfait.

– Mais le public…

– Qu'est-ce que tu attends ? Des rappels au milieu du concert ?

Jolibois avait raison. Le succès à répétition, ça finit par rendre exigeant. Il me poussa sur le ring pour que j'aille affronter Stockhausen.

J'y pris un certain plaisir, j'en fus moi-même étonné.

À l'ovation qui suivit mon interprétation du *Klavierstück XI*, je compris que le public, ce soir-là, n'était venu que pour ça : la musique contemporaine. Malgré moi, je comptai le nombre de fois où les applaudissements me faisaient revenir saluer sur scène, cinq... six... À présent, les claquements de mains à l'unisson réclamaient un bis.

Je m'exécutai et j'eus la nette impression que l'attention s'aiguisait. Ce qui intéressait les spectateurs de Toulouse, ce n'était ni Beethoven ni Liszt, mais ce que Paul Niemand allait sortir de son chapeau ce soir-là. Ce fut à nouveau du Lefleix, mais ils ne le savaient pas.

Lorsque la sonate *Jeanne 40* s'acheva, le triomphe attendu surgit. Au point que lorsque je revins en coulisses pour la septième fois, Jolibois me lança, faussement agacé et franchement ravi :

– Et voilà ! Tu entends ? Alors tu es rassuré, maintenant ?

Le directeur de la salle vint me prier de regagner ma loge pour affronter les journalistes. Comme si les mille spectateurs ne m'avaient pas suffi. Jolibois, comme convenu, me poussa vers le côté jardin en chuchotant :

– Je m'en occupe. Toi, tu rejoins les spectateurs incognito. Rendez-vous à l'hôtel dans une heure.

Une fois revêtu d'un imper et débarrassé de ma perruque, m'éclipser fut un jeu d'enfant.

La surprise eut lieu une heure plus tard, quand Jolibois frappa à ma porte, entra et jeta son nœud papillon sur mon lit :

– Félicitations, Pierre. Elle est très jolie.

– Comment ? Mais qui ?

– Jeanne. La fille d'Oscar Lefleix. Elle s'était mêlée aux journalistes. Elle voulait absolument te voir. Pas moyen de m'en dépêtrer.

J'étais abasourdi. Ainsi, Jeanne était venue à Toulouse ! Mais comment ? Avec qui ? Et pourquoi cette insistance à aborder Paul Niemand ?

– C'est impossible, Jean ! Comment pouvez-vous être sûr…

– Pardi, elle m'a dit qui elle était ! Elle m'a expliqué son histoire – que je connaissais déjà par cœur. Elle avait sous le bras les partitions de son père. Elle voulait à toute force me les confier. Pour que le célèbre Paul Niemand les découvre et les mette à son répertoire.

Cette fois, mon horizon s'éclairait.

J'imaginai la tête qu'avait dû faire Jeanne, tout à l'heure, dans la salle, en reconnaissant l'une des sonates de son père! Je pâlis. Sans le savoir, Paul Niemand l'avait trahie!

– Mais… qu'avez-vous fait, Jean?

– Je l'ai renvoyée, bien sûr. J'ai eu tort?

Jeanne était donc là. À Toulouse. Peut-être dans le même hôtel que moi ce soir. Et demain, dans le même avion.

– Pierre… est-ce que ça va?

– Oui. Vous avez bien fait. Ça ira mieux plus tard.

En particulier après le concert du 24 juin.

Mercredi 7 juin

Hier, j'ai retrouvé Jeanne sur le banc. Elle ne m'a pas parlé de Toulouse. Moi non plus, évidemment. Si l'un de nous deux avait posé une seule question, l'autre y aurait répondu. Et le fil se serait déroulé avec trois semaines d'avance.

Devant son désarroi, j'étais désarmé, et devant son silence, muet. Nous étions là, en équilibre au bord de nos confidences. J'avais des mots d'amour à lui livrer par wagons, mais à chaque fois que j'ouvrais la bouche, ils crevaient comme des bulles.

Alors nous nous sommes contentés de quelques banalités : les examens approchent, quel dommage de travailler, de se voir aussi peu, oui surtout quand il fait si beau, il faut que je m'en aille, à bientôt, on s'appelle…

Mais d'un commun accord, on ne s'embrasse pas. Parce qu'il y a trop de monde et que le cœur n'y est pas.

Vendredi 9 juin

Les critiques du concert de Toulouse arrivent de partout. Mon père leur fait la chasse en achetant tous les journaux ; ma mère les découpe et les colle. Amado et Jean Jolibois les sélectionnent pour mon futur press-book.

Elles sont toutes excellentes. Même Raoul Duchêne, dans *Classica*, semble tout à fait convaincu :

Désormais, une certitude s'affirme : Paul Niemand est un authentique interprète. Se double-t-il d'un grand compositeur ? Si l'on en croit son agent artistique, le pianiste, lors du concert de clôture du 24 juin, révélera non seulement son identité et son visage mais également le nom de l'auteur de ces sonates. Gageons qu'il s'agit du même individu…

Perdu.

Raoul Duchêne sera déçu.

Mardi 13 juin

Aujourd'hui, nous avons été privés de cours.

Je suis resté à la maison pour répéter Lefleix. À midi, le téléphone a sonné. Jeanne ? Non, hélas, Amado. Il appelait à tout hasard, avec un faux prétexte : me demander combien je voulais d'invitations pour mon concert du 24.

Avant de raccrocher, il a ajouté :

– Tu es là ? Tu es libre ? Viens donc !

Alors j'ai pris le métro et j'ai changé de piano. Mais du coup, j'ai raté Jeanne. À seize heures trente, Amado a bien remarqué que je levais le nez des partitions.

– Elle t'attend ? Sur votre banc ? Elle pense à toi ! Travaille pour elle ! Reprends-moi cet accord legato, s'il te plaît. Et pense à Oscar Lefleix.

Jeudi 15 juin

Hier, c'était le jour de ma première répétition générale.

Jean Jolibois est arrivé avec une pile de journaux en guise de programme. Il m'a reproché ma grise mine et mon œil noir :

– Arrête de faire cette tête-là, Pierre. Tu as lu toute cette publicité faite autour de la soirée du 24 juin ?

Il a sorti de sa réserve une pile d'affiches. J'ai reconnu la silhouette de Paul Niemand.

GRAND CONCERT DE CLÔTURE
MUSIQUE CONTEMPORAINE :
SEPT SONATES
AU PIANO : PAUL NIEMAND

– Sans nom de compositeur ?

– À quoi bon préciser ? Oscar Lefleix, personne ne le connaît ! Il risque de rebuter le public.

– Et vous croyez que seul, le nom de Paul Niemand va faire recette ?

– La recette est assurée, Pierre. Et la location suspendue depuis la semaine dernière, car on affiche complet ; tu as fait le plein de la salle !

Soit. Mais si le plein est fait, le parcours reste à accomplir. Mille passagers… quelle responsabilité pour le capitaine !

– Je crois savoir pourquoi, Jean. Mon talent n'y est pour rien. Les gens veulent simplement voir à quoi ressemble Niemand. Si vous n'aviez pas dit aux journalistes, à Toulouse…

– Comment ? tonna Jolibois. Ah non, Pierre, rappelle-toi ! Qui est l'auteur, après tout, de ce coup médiatique ? La perruque, le pseudonyme… au départ c'était ton idée, non ? Et qui a suggéré de lever le masque le 24 juin ?

Pour finir de m'enfoncer, Amado vint à la rescousse de notre agent double :

– Si tu n'avais aucun talent, Pierre, tu ne ferais pas salle comble. Un artiste médiocre qui veut garder l'anonymat, ça n'intéresse personne. Ma… assez de temps perdu ! Je chronomètre. Tu commences par *Enghien*. Je ne t'arrête pas.

Deux heures et douze minutes plus tard, leur verdict tomba. D'abord celui de Jolibois, admiratif, timide, béat.

– Ah, c'était bien. C'était…

Mon maître, l'œil presque humide, confirma en venant me donner l'accolade :

– Oui. C'était même beaucoup mieux que cela.

Vendredi 16 juin

Hier après-midi avait lieu le conseil d'orientation de la troisième B. C'était sûr, j'avais vérifié. Et je savais que Jeanne était déléguée. Elle irait donc à la réunion.

À seize heures, j'ai quitté mon piano pour aller attendre Jeanne sur notre banc. En m'apercevant de loin, elle a souri. Bonne nouvelle, elle passait sûrement en seconde.

Elle s'est assise à côté de moi comme si elle avait eu toute la vie devant elle. Et c'est vrai que depuis une heure, elle avait bouclé son année scolaire.

Mon conseil d'orientation à moi, c'était le concert du 24 juin.

Ce concert, j'essayais justement de l'amener sur le fil de la conversation. Mais ça faisait beaucoup de nœuds, comme d'habitude. Alors, pour appuyer ce que j'avais à lui dire, j'ai sorti les billets de ma poche.

– Ce sont deux invitations. Pour un concert de Paul Niemand.

– Paul Niemand ? Ah bon…

Elle semblait contrariée que j'aborde le sujet. Ce pianiste, m'expliqua-t-elle, c'était surtout pour elle un sujet de déception.

– Il est devenu célèbre et prétentieux. Je ne veux plus en entendre parler.

– Mais je croyais que tu l'aimais ?

Elle me regarda comme si j'avais dit une énormité et me répondit par une phrase encore plus gigantesque :

– Non, Pierre. C'est toi que j'aime.

Elle l'avait dit, j'avais bien entendu. Mais c'était si extraordinaire que je me suis arrangé pour qu'elle le répète autrement. Ça l'agaçait, que j'en doute. Elle s'est blottie contre moi. Sans répondre à ma première question, capitale :

– Le concert du 24, Jeanne… est-ce que tu y viendras ?

– Mais bien sûr, gros bêta. Je ne suis vraiment heureuse que lorsque je suis avec toi.

C'était pourtant vrai. Jeanne, sans le savoir, m'avait même poursuivi à l'autre bout de la France. Mais c'est moi qui allais l'attraper. À Pleyel.

Lundi 19 juin

Long et dernier week-end à répéter seul les sept sonates de Lefleix… Seul ? Non, pas tout à fait : mes parents, cette fois, ont joué les spectateurs critiques. Bien sûr, ils seront dans la salle samedi prochain. Pour la première fois depuis plusieurs années, mon père m'a donné des conseils. Avec mille précautions attendrissantes.

Quand mon père a peur de me froisser, c'est fou ce qu'il me touche. Et puis, hier soir, tandis que ma mère somnolait, il m'a pris à part, comme pour échanger un secret.

– Pierre, j'ai deux choses à te dire. Commençons par la plus importante : je suis très fier de toi.

Je le savais déjà. Mais ça m'a fait du bien de l'entendre. Un compliment de mon père, c'est plus important que vingt rappels du public.

– La seconde concerne la mère de Jeanne et son frère. Est-ce que tu as pensé à eux ?

Ma foi non. J'ai donné la priorité à Oscar. Je ne voyais pas très bien où mon père voulait en venir.

– Moi, je viendrai à Pleyel samedi prochain. Parce que mon fils va faire la une de la presse. Mais tu vas partager la vedette, Pierre. Avec le mari de Mme Lefleix et le père de son fils, le petit…

– Florent.

– Est-ce que tu ne crois pas que leur place serait dans la salle ? Que tu devrais les inviter ? Les mettre dans la confidence de ton coup monté ?

Mon père avait raison.

D'un coup, j'ai songé aussi à M. Bricart, mon prof de musique, et à Lionel Gentil, son ennemi personnel, qui reste tout de même un peu mon copain. Il faudrait que je leur donne deux invitations. Sans autre explication.

– C'est une bonne idée, en effet.

Restait, pour Mme Lefleix, à la mettre vite en application. J'ai cru que mon père s'en chargerait. Je lui ai donné carte blanche. Mais il a refusé de jouer :

– Ah non, Pierre ! Mme Lefleix, tu la connais ? C'est bien ton professeur d'allemand ? Je suppose que tu as son numéro de téléphone.

La mort dans l'âme, j'ai appelé ce matin. J'étais sûr de ne pas tomber sur Jeanne parce qu'aujourd'hui et demain, c'est le Brevet. J'avais donc aussi une chance pour que ma prof soit retenue par les examens. Mais c'est elle qui a décroché.

– Madame Lefleix ? C'est Pierre Dhérault. Eh bien voilà, je... j'ai quelque chose de très important à vous dire.

– C’est à propos de Jeanne ?

Il y eut un silence glacé. Elle craignait je ne sais quelle catastrophe.

– Non. À propos de votre mari.

Le silence se poursuivit, mais plutôt dans le genre stupéfait. Son mari, il est mort depuis longtemps. Pour lui, le pire n’est plus à craindre.

– Mon mari ? Je ne comprends pas.

J’essayai de lui expliquer le problème, mais je ne savais pas par quel bout l’aborder. Quand on connaît surtout la solution, c’est très dur de retrouver les données.

Agacée, elle répéta :

– Je ne comprends pas, Pierre. Écoutez, j’ai une course à faire. Je suis de retour dans un quart d’heure. Est-ce que vous voulez passer chez moi ? Vous m’expliquerez mieux tout ça.

Quand j’ai sonné à la porte, Florent m’a ouvert. Il m’a lancé, très blasé :

– Ah tiens, c’est toi ? Salut…

Sa mère l’a mouché d’un geste :

– Laisse-nous, tu veux bien ? Nous avons à discuter ensemble.

Une façon de parler. Car elle m'a aussitôt laissé la parole. Et c'était pour la garder longtemps. Pendant les dix minutes du trajet, j'avais ébauché un plan, comme pour une dissertation littéraire. Mais là, pris de court à l'oral, j'ai bâclé l'introduction :

– Voilà. Il faut d'abord que je vous dise, le pianiste Paul Niemand… je ne sais pas si vous en avez entendu parler…

Elle a eu un soupir majuscule. Évidemment, avec Jeanne, ce maudit nom lui était familier.

– Eh bien c'est moi.

– Comment ? Qu'est-ce que vous dites ?

Elle avait du mal à me croire. Je me suis senti pris en faute comme si j'avais triché toute l'année.

– Oui. Je joue du piano depuis très longtemps. Mon professeur est Amado Riccorini. Le jour où Jeanne m'a fait entendre les bandes magnétiques de son père, de votre mari…

J'ai cru qu'elle allait tourner de l'œil. Mais elle s'est ressaisie d'un coup et m'a demandé comme si c'était très urgent :

– Vous voulez boire quelque chose ?

Tout à coup, je montais en grade. Je passais au statut d'invité. Le jus d'orange qu'elle m'a apporté était superflu. Mais le petit cognac qu'elle s'est servi devait être absolument nécessaire. Elle l'a bu à petites gorgées, et tandis que je lui révélais qu'elle avait épousé un compositeur de génie, elle murmurait, comme pour mieux digérer l'ensemble :

– Mein Gott… Mein Gott… Ach, du liebe Zeit ! Nein, so was möglich[1] ?

Mais là, contrairement à ce qui se passait en classe, je ne me sentais pas obligé de répondre, et encore moins de traduire.

Par contre, ma conclusion n'en finissait pas, d'autant que Mme Lefleix m'interrompait de plus en plus avec des observations en marge :

– Mais alors, samedi prochain, comment ferez-vous pour être à la fois sur scène et dans la salle ? Et puisque vous affirmez qu'on affiche complet, comment Florent, ma mère et moi…

– Oh, rassurez-vous, j'ai tout prévu.

J'ai sorti trois invitations de ma poche.

– Toutefois madame, vous serez au fond avec mes parents. Ma mère est dans un fauteuil roulant. Si vous pouviez ne rien dire à Jeanne et venir incognito au concert, vous nous rejoindriez seulement une fois le récital achevé.

– Bien sûr ! Bien sûr ! Ah, Pierre…

1. Mon Dieu… Mon Dieu… Ah, Seigneur ! Est-ce possible ?

Elle s'est levée, m'a saisi les deux mains. Là, Mme Lefleix n'était plus du tout mon professeur. C'était la mère de Jeanne. Et surtout la veuve d'Oscar.

– Savez-vous que Jeanne est en train d'écrire cette histoire ? Celle de ce pianiste inconnu. Ou celle de son père disparu. Je ne peux rien vous en dire, car je ne l'ai pas lue. Mais maintenant, j'en connais la fin !

Elle a sorti un mouchoir juste à temps. Les larmes, chez les Lefleix, ça doit être un caractère dominant. Et puis elle m'a considéré presque timidement, a risqué :

– Pierre, vous permettez que je vous embrasse ?

Elle s'est jetée dans mes bras pour une accolade germanique, où l'affection est proportionnelle à la force physique.

À ce moment-là est entrée une petite dame un peu ratatinée et très sympathique. J'ai compris que c'était Oma.

– Grete ? Was ist denn los[1] ?

Elles se sont lancées dans un dialogue en allemand où les répliques étaient beaucoup plus rapides que dans la méthode audiovisuelle. J'ai dû serrer la main de la grand-mère et approuver tout ce que fille et mère se disaient avec des sourires à répétition.

1. Grete ?... Que se passe-t-il ?

Lorsque j'ai réussi à me faufiler jusqu'à la sortie, je suis tombé sur un Florent mécontent :

– Et moi, qui va me mettre au courant ?

Je l'ai pris à part :

– Écoute, est-ce que tu peux garder un secret ?

Il a rougi de plaisir et fait semblant de cracher par terre. Un quart d'heure plus tard, je l'avais mis dans ma poche ; même sous la torture, il ne révélerait rien.

Dimanche 25 juin

On dit que certaines journées sont à marquer d'une pierre blanche. Celle d'hier restera gravée dans ma mémoire au fer rouge. Et je ne cesse d'en repasser tous les instants dans ma tête pour en fignoler les détails.

Hier soir, je suis passé prendre Jeanne très tôt, bien avant vingt heures. Mme Lefleix m'a ouvert et adressé en douce un clin d'œil complice. J'ai pris Jeanne par la main et nous nous sommes éclipsés. Pour elle, c'était presque une soirée ordinaire. Elle était seulement curieuse de ce que Paul Niemand allait interpréter. Moi, j'étais surtout angoissé.

La foule se pressait déjà dans le hall de la salle Pleyel. Amado, entouré d'admirateurs, fit semblant de ne pas me voir.

Nous avons été parmi les premiers à entrer. Quand nous nous sommes installés à nos places, au deuxième rang d'orchestre, Jeanne s'est exclamée :

– Pierre… tu ne vas pas me croire ! Quand je suis venue ici le 1er octobre dernier, j'occupais le même fauteuil !

Je la croyais d'autant mieux que c'était moi, bien sûr, qui avais choisi nos places. En sachant que la mienne, je ne l'occuperais pas. Car à peine avais-je installé Jeanne que je l'ai quittée sur un signe, comme si j'avais un besoin urgent.

En effet, il fallait que je rejoigne les coulisses au plus vite. En passant à grands pas dans le hall, j'ai aperçu ma mère, dans son fauteuil roulant, en grande conversation avec les dames Lefleix. Mon père riait avec Florent.

Je suis allé embrasser tout ce monde, m'étonnant :

– Comment ? Vous n'êtes pas encore installés ?

– Aucun danger, dit mon père, le soliste n'est pas encore sur scène.

M. de La Nougarède m'attendait à l'entrée des coulisses, flanqué du grand Jolibois. Un vrai couple de cinéma. Mais c'était moi la vedette. Jean me tendit ma perruque, et son compère Marcel me chuchota :

– J'espère qu'avant de disparaître, Paul Niemand rappellera à Pierre Dhérault ses débuts ici… Ah, Pierre, vous serez toujours le bienvenu à Pleyel, surtout à la place du soliste.

À vingt heures trente, c'était encore, de la part du directeur, une invitation à haut risque. Mais en allant guetter le public par l'œilleton du rideau fermé, j'eus l'impression que c'était déjà gagné. Il régnait dans la salle une fièvre joyeuse, une tension bienheureuse. J'avais dans le public trop de complices pour rester vraiment angoissé. Au deuxième rang, à côté d'un fauteuil désespérément vide, une jeune spectatrice jetait des regards désemparés. Quelqu'un me prit par les épaules : c'était Michel, le chef machiniste.

– Pierre, tout va comme tu veux ? Tu as vérifié la hauteur de ton siège ? Le lever du rideau ne devrait pas tarder.

Je rejoignis les coulisses, où Paul, le pompier, me glissa à l'oreille le « merde » rituel en guise d'encouragement.

Le rideau se leva, le pompier s'assit et Jolibois me serra dans ses bras avant de me pousser sur la scène.

Alea jacta est[1]. Je saluai le public.

Il m'applaudit de façon aussi forte que brève. Lui aussi, il semblait impatient d'en finir, de découvrir ce que j'avais de si neuf à lui servir.

Je me lançai : *Enghien*. Et tout se déroula sans que j'en aie conscience. J'étais, comme Jeanne souvent, ailleurs. Autre part. Et dans un autre temps. Peut-être même au fond étais-je quelqu'un d'autre. Je n'étais plus Dhérault, ni Niemand, ni soliste. J'étais Oscar Lefleix en train de composer. Sous mes doigts renaissaient les secrets de ses gestes.

Entre chacune des sonates de la première partie, le public applaudit à tout rompre. Mais sans débordement. C'était une respiration en forme d'ovation contrôlée.

Quand je regagnai les coulisses pour l'entracte, le personnel m'accueillit en joignant ses applaudissements à ceux du public. Parfois, les musiciens d'un orchestre félicitent ainsi leur chef à l'issue d'un concert.

– Tu es un sacré bonhomme, me dit Paul, le pompier.

1. Le sort en est jeté.

– Quelque chose de grand est passé, murmura Jolibois avec de l'émotion plein les yeux. N'est-ce pas, Marcel ?

De La Nougarède me saisit les mains, comme pour y entasser tous les compliments qui se bousculaient dans sa bouche.

– Pierre, je suis tellement fier… Fier de…

Il ajouta de quoi et de qui, et la liste me parut longue. La fin de l'entracte l'obligea d'ailleurs à écourter.

Jolibois, soudain inquiet, me prit à part dix secondes :

– Ça va, Pierre ? Tu vas tenir ? Tu sais que tu n'as jamais été aussi bon que ce soir ?

Je devais être encore meilleur.

La seconde partie du concert fut brève et spectaculaire. Trop brève. En plaquant les derniers accords, je revins soudain à la réalité : voilà, le concert s'achevait, à présent tout était fini. Stupide, je restai assis dans le silence qui se prolongeait.

La clameur brutale qui jaillit me fit lever la tête. La salle était debout et faisait tant de bruit que le public me parut avoir doublé de volume. Au deuxième rang, Jeanne, ma Jeanne, hurlait « bravo » plus fort encore que les autres.

Devant elle, Riccorini gardait les mains levées et serrées, dans un pieux applaudissement arrêté sur image. Il fallut que je me retienne pour ne pas revenir m'asseoir sur mon siège à côté de Jeanne.

Pendant de longues minutes, je laissai le public crier son admiration à celui dont l'ombre planait sur la scène : Oscar Lefleix. Je fis plusieurs allers et retours des coulisses à la scène sans pouvoir apaiser les spectateurs. Je ne connaissais qu'un moyen pour leur imposer le silence. Me remettre au piano.

J'interprétai la sonate *Castillon*, numérotée *Jeanne 39*. Six minutes. Un vrai bis. Loin d'apaiser le public, ce petit plus eut un énorme effet. Immobile sur la scène, je ne savais plus comment redescendre de ce piédestal qu'on m'édifiait à coups d'applaudissements effrénés. Jolibois, des coulisses, me faisait signe de ne pas bouger. Finalement, j'appelai de La Nougarède à la rescousse. Il comprit ma détresse, vint me rejoindre et, me prenant aux épaules, commença à parler dans le brouhaha décroissant :

– … Et ces explications que vous attendez tous ce soir, je laisse à Paul Niemand lui-même le soin de vous les livrer !

De La Nougarède avait pris la parole, pour préciser qu'il me la laissait. C'était aimable et cruel. Moi qui suis dans mes petits souliers quand je m'adresse à vingt camarades de classe, il fallait m'expliquer devant mille deux cents spectateurs. C'était une autre pointure.

Le silence était revenu, et je devais le meubler. Au fond de la salle, un spectateur vint à mon aide en hurlant :

– La perruque !

Oui, il avait raison. C'est par là qu'il fallait commencer. Pour la première fois depuis le début du récital, je regardai Jeanne. Et j'enlevai ma perruque.

Mille flashes m'éblouirent : ceux des journalistes du premier rang.

– Eh bien voilà. En réalité je m'appelle Pierre Dhérault…

D'un coup, j'étais tout nu. Le public, attentif, en voulait encore plus.

– J'aimerais ici remercier celui qui m'a formé, mon maître…

Je désignai et applaudis Amado Riccorini. Le public m'imita, forcément. J'avais rouvert par imprudence le robinet des applaudissements.

Je tendis la main à Amado pour qu'il me rejoigne sur scène. Là, au lieu de saluer la salle, il se tourna vers moi pour m'applaudir à son tour. C'était trop. Je hurlai :

– Ces bravos ne me sont pas destinés. Il faut les adresser à l'auteur de toutes les œuvres que vous avez entendues ce soir. Il s'agit du compositeur…

Le public avait refait silence. Un répit bref dont je profitai pour crier, comme pour le faire venir jusqu'à nous :

– … Oscar Lefleix !

Ce nom, bien qu'inconnu, déclencha une nouvelle ovation. Le public, déchaîné, réclama bientôt « LE-FLEIX, LE-FLEIX ! » en frappant des mains en cadence. Je l'avertis aussitôt :

– Oscar Lefleix est mort il y a longtemps…

Il y eut une houle de déception et presque le début d'une minute de silence.

– Mais si j'ai pu ce soir interpréter ses sonates, c'est grâce à celle qui les a tirées de l'oubli… sa fille, Jeanne !

Enfin, je me sentis le droit de tendre la main vers elle. Jeanne, à trois mètres de moi, semblait éblouie, fascinée, prisonnière d'un rêve dont elle ne pouvait plus s'échapper.

– Jeanne... Jeanne!

Elle me regardait, mais sans me reconnaître ; elle essayait d'accommoder, d'associer Pierre et Paul. De mettre un nom sur un visage.

Elle tituba enfin vers l'avant-scène, en somnambule, et je la pris dans mes bras. Puis, profitant des projecteurs qui l'éblouissaient et qui nous faisaient un écran de lumière, je l'embrassai. J'imagine qu'on dut nous voir, parce que les applaudissements redoublèrent.

En tout cas, ce baiser public et plébiscité, c'était mieux qu'un faire-part officiel. Plus besoin d'avertir les familles puisqu'elles étaient dans la salle.

Moi, je sais maintenant à qui s'adressait l'ovation. Ce n'était ni à Oscar, ni à Paul Niemand, ni à Pierre Dhérault ou à Riccorini, c'était à Jeanne et Pierre réunis.

Longtemps, très longtemps après, M. de La Nougarède invita les spectateurs à se disperser. Mais il fallut baisser les lumières de la salle ; ils refluèrent comme des papillons de nuit vers celles de l'entrée.

Ensuite, la famille se retrouva dans l'un des salons de Pleyel. Une famille élargie au cercle des critiques et des journalistes.

Je reconnus dans la foule le terrible Raoul Duchêne qui tentait une percée vers moi.

Il m'arracha Jeanne pour me saisir brusquement aux épaules. Ça tenait à la fois du hold-up et de la prise d'otage ; mais en guise de menace, il se contenta de me dire, assez fort pour être entendu par tous les invités :

– Jeune homme, je vous félicite. Je suis fier de vous serrer la main.

En réalité, il me broyait l'omoplate. À côté de lui, une voix familière où pointait un rien de fierté ajouta soudain :

– Vous savez monsieur Duchêne, Pierre est mon élève… Enfin, seulement en classe de musique, au lycée.

– Et moi, Pierre, c'est mon copain !

Lionel était là, accompagné de mon prof de musique. Ensemble ? Évidemment, ils n'avaient pas pu se quitter de la soirée puisque je leur avais donné deux places côte à côte. Deux heures de concert avaient eu plus d'effet sur eux que toute l'année scolaire, ils semblaient devenus les meilleurs amis du monde.

Lionel me glissa à l'oreille :

– Je suis content pour toi. Ce soir, tu as tout réussi !

Il me désigna Jeanne qui se jetait dans les bras de sa mère. Je fus à nouveau entouré d'une meute de courtisans pleins de calepins à remplir, de photos à faire et de questions à poser.

Je m'exécutai.

J'avais d'ailleurs un complice, une sorte de garde du corps, Jean Jolibois. Il finit par nous pousser dehors et nous faire entrer dans sa voiture. En supplément, il joua les chauffeurs particuliers. En moins d'une minute, Jeanne et moi étions à l'arrière, l'un contre l'autre tandis que Paris défilait à côté de nous.

Mercredi 28 juin

Hier c'était mardi, les cours étaient finis. Mais à quatre heures et demie, je suis retourné sur le banc. Jeanne y était déjà. Désormais, je n'imagine plus venir m'y asseoir sans elle. Ce banc, c'est notre refuge, notre appartement. Paris est plein de ces lieux qui ont, pour bien des passants, une histoire particulière.

Quelqu'un d'autre était au rendez-vous, je ne l'avais pourtant pas invité.

C'était le S.D.F. que Jeanne avait abordé l'un des premiers jours de la rentrée, en septembre. Avec la venue de l'été, les sans-logis réapparaissent, celui-là avait élu domicile tout près de Chaptal. Il s'était bien acclimaté au banc qui faisait face au nôtre.

– Jeanne ? Attends une seconde.

D'un coup, je venais de comprendre tout ce que je devais à cet homme. Alors j'ai essayé de lui en rendre une partie. Sous la forme de quelques mots de remerciement qu'il n'a pas compris, et d'un gros billet que j'ai glissé dans sa poche. Il a eu l'air effaré. Comme s'il y avait eu une erreur.

– Pierre… Qu'est-ce que tu as été faire ?

– J'avais une dette envers lui.

Le S.D.F. était reparti sans demander son reste ni comprendre mon geste. Il avait deviné que nous avions besoin d'intimité.

– Que de mystères ! s'est exclamée Jeanne. Est-ce que tu ne crois pas que tu me dois aussi des comptes ? Si tu m'expliquais…

J'ai commis la dernière imprudence, je l'ai regardée et les mots que j'avais préparés ont fondu dans ma bouche. Si je m'étais mis à parler, ça aurait été une vraie bouillie. Heureusement, j'avais pris des notes. C'est normal, pour un musicien.

Je lui ai tendu mon classeur. Celui sur lequel j'avais écrit jour après jour notre histoire.

– Oh, Pierre... je ne veux pas être indiscrète !

– Je me suis caché si longtemps ! Tout ce que tu veux savoir, Jeanne, est consigné là.

Avant de lui confier mon journal, j'avais fait la toilette du texte. Quand on invite quelqu'un chez soi, il faut enlever la poussière et ranger dans les tiroirs ce qui traîne.

Jeanne a ouvert le classeur et murmuré :

– Alors c'est notre histoire ?

– Non. C'est la mienne.

– Depuis bientôt un an, c'est un peu la mienne aussi, non ?

Notre histoire devenait double, puisqu'on pouvait la considérer depuis la salle ou la scène. Mais une histoire, ce n'est jamais simple. Un fait n'existe pas tout nu. Et s'il y avait autant d'événements que d'individus ?

– C'est étrange, a-t-elle avoué en commençant à tourner les pages. Moi aussi, j'ai raconté cette aventure. Mais elle doit être bien différente.

Elle a eu un sourire énigmatique. Puis, à son tour, elle a sorti de son sac un cahier. Sans doute celui qu'elle dissimulait loin des regards de sa mère.

– Je te le dois, Pierre. Je te le donne.

Et, sans rien m'expliquer davantage, elle m'a laissé planté là… Oui, elle a commencé à lire mon journal.

Je l'ai observée un long moment, je l'ai laissée prendre quelques longueurs d'avance. Jeanne lisait… Oh, elle était déjà très loin, elle était revenue en septembre dernier, mais je savais qu'elle ne me quittait pas. Et j'étais décidé à marcher dans ses pas.

Nous refaisions ensemble ce parcours qui nous avait réunis, mais que nous avions accompli séparés.

Enfin, j'ai ouvert son cahier. J'entrais en scène dès la première page puisqu'elle y avait inscrit :

LE PIANISTE SANS VISAGE

Alors, j'ai commencé à lire.

Mais ça, c'est une autre histoire…

Retrouvez le versant féminin
de cette histoire dans

**Le pianiste
sans visage**

L'AUTEUR

Comme Pierre, Christian Grenier a été élève à Chaptal, lui aussi a joué du piano, écrit son journal intime sur un banc... et a été amoureux à seize ans ! Comme Jeanne, il a découvert la musique en allant au concert et cette passion ne l'a jamais quitté. Pourtant ces deux récits jumeaux *La fille de 3e B* et *Le pianiste sans visage* ne sont pas autobiographiques.
Après avoir été enseignant, journaliste et avoir travaillé à Paris dans l'édition, Christian Grenier vit désormais dans le Périgord. Il est marié, a deux enfants et quatre petites-filles. Il se consacre exclusivement à l'écriture.
Passionné par les problèmes contemporains, il a écrit en Heure noire la série *Les enquêtes de Logicielle*.

DANS LA MÊME COLLECTION

YVES PINGUILLY
LE BALLON D'OR
RAGEOT

HÉLÈNE MONTARDRE
L'AGENDA
RAGEOT

ÉVELYNE BRISOU-PELLEN
Un si terrible secret
RAGEOT

Retrouvez la collection

RAGEOT *Romans*

sur le site www.rageot.fr

PAPIER À BASE DE FIBRES CERTIFIÉES

RAGEOT s'engage pour l'environnement en réduisant l'empreinte carbone de ses livres.
Celle de cet exemplaire est de :
600 g éq. CO_2
Rendez-vous sur www.rageot-durable.fr

Achevé d'imprimer en France en octobre 2021
sur les presses de l'imprimerie Jouve-Print, Mayenne
Dépôt légal : septembre 2017
N° d'édition : 5743 - 07
N° d'impression : 2967409L